KB183786

부드러운 재료

김리윤 산문집

부드러운 재료

봄날의책

차례

부드러운 입구

들어가며

서문이란 책이라는 물질로 덩어리진 시간의 단면 같다. 잘린 상태지만 온전한 새것으로서의 형상이기도 해야 하는 것, 롤케이크 한 조각의 단정한 단면과 깨끗한 포크가 함께 놓인 작은 접시 같은 것. 서문 안에서 과거는 현실을 지어내고 자신이 지어낸 현실을 가장하는 유령이 되어 있다. 하지 전날 밤에는 여러 세계 사이의 벽이 점점 얇아진다는 미신의 방법을 배우듯이, 서문은 책이 품은 시간과 장소들 사이의 벽을 얇고 부드러운 피막으로 떠 포개두어야 한다. 나에게 가능한 보기의 방식은 회고가 아니라 예언뿐인 것처럼. 꿈의 능청을 배운다고 생각하는 편이 더 쉬울 수도 있겠다.

꿈에 자주 사로잡힌다. 꿈의 외피는 부드럽다. 그것은 쉽게 와해되고, 수면의 온갖 조건들이 행하는 움직임 속에서 말랑말랑한 피부 안쪽을 꿈이라는 형식의 현실로 채운다. 실내 온도나 이불의 촉감, 냄새, 소리, 사물의 기척 같은 꿈 바깥의 조건들은 꿈의 말랑말랑한 벽을 주무른다. 그 손길은 연약한 외피를 갑작스럽게 찢거나 구멍을 내며 물질로서의 우리를 향해 우리의 의식을 내던진다. 꿈의 바닥에는 언제나 누수된 현실이 고여 있다.

얼마 전 참여했던 퍼포먼스[1]에서 나는 타인의 꿈을 읽어주는 자가 되었다. 한 사람이 기억하는 여러 개의 꿈을 읽어주는 이니셜 하나, 이어지는 꿈을 꾸는 다른 몸들, 다른 목소리들 중 하나가. 발화하고 전달하고 경청하고 또 경청을 요구하는 것이 이야기에 내재한 본성이라면, 입 없이 삶과 죽음 사이의 간격에 머무르는 이야기를 우리가 속한 시간 안쪽으로 불러오기 위해 할 수 있는 일은 무엇일까. 나는 이 이야기가 살아 있기를 바라며 따뜻한 피가 흐르는 몸으로, 더운 숨을 뱉는 입으로, 허공을 진동시키는 목소리로 꿈을 감싸는 얇고 반투명한 보따리가 되었던 것일지도 모른다. 보따리를 이루는 헝겊 조각들로, 목소리로 우리는 잠시 꿰매어진다. 무엇일까. 언어화될 수 없던 기억이 꿈이라는 시간이, 이미지가, 현실이, 예언이 된다는 것은. 이 이미지가 재현을 위해 다시 언어라는 재료를 요구한다는 것은. 이 요구에 언어가 달라붙어 꿈의 피부를 이룬다는 것은. 꿈을 발음하는 목소리들의 몸 안에서 언어의 피부가 부드럽게 허물어지고, 꿈이 품고 있던 시간이 풀려나와 몸의 내부와 뒤엉킨다는 것은. 몸의 기억과 뒤섞인다는 것은. 타인의 꿈 바닥에 고여 있던 누수된 현실이 나의 발바닥을 이토록 생생하게 적신다는 것은.

1. 무랑무아, 《어젯밤 꿈》(2024. 10. 15–10. 31, 서왕공원)의 낭독 'K에게'.

마음과 마음의 표현으로서의 몸, 몸과 몸이 생산하는 물질들,
부드러운 물질로서의 우리를 이해한다는 것은.

물질로서의 우리를 이해하기 위해. 이 책에 실린 글 중
가장 마지막에 쓴 글의 도입부는 이렇게 시작한다. 언어에
부재하거나 아주 미미하게 존재하는 물질성이 가없는
막막함으로 느껴지던 지난겨울, 유리를 배우러 다니기
시작했다. 내가 경험한 것은 아주 뜨겁고 작은 불 속에서
하는 램프워킹(lampworking) 작업이었다. 막대나 판, 작은
공, 깨진 조각 형태의 유리를 재료 삼아 약 1,400도 이상의
온도 안에서 이것을 녹이고, 섞고, 비틀고, 붙이는 등의
과정을 통해 형상을 만든다. 이 과정 안에서, 아주 뜨거운
불 속에서 유리는 살아 있는 생물처럼 보였다. 태어나기
직전의 살아 있음, 세포 상태의 생물. 맨눈으로는 볼 수 없는
형상의 생물. 불 속의 유리는 아주 뜨겁고 점도 높은 액체
상태로 중력을 세밀하게, 그리고 위태롭게 따른다. 불과
공기가 만들어내는 온도 변화에 민감하게 반응하며 투명한
몸에 시시각각 새로운 색을 덧입힌다. 빠른 속도의 가변
상태에 처한 유리는 어떤 개체보다 부드럽고 자연스럽게
살아 있는 것 같았다. 한순간의 누락도 없는 시선과 손길을
필요로 했다. 무게라는 방향을 따르는, 온도를 빛으로 품는,
스스로 빛을 내듯이 외피를 시시각각 조정하는 유리의
부드러운 의지. 유리는 불 바깥으로 나오는 순간 투명한 고체
상태로 돌아간다. 갓 태어난 새끼 유리들은 투명하고

따뜻했다. 그러나 그것들은 이 세계의 갑작스러운 추위, 우리에게 편안한 그 온도가 주는 추위 때문에 깨져버리고 만다. 나는 유리의 추위를 모른다. 영영 알 수 없다. 감각은 재현 불가능한 것이다. 맨손으로 만졌다가는 손가락을 녹일지도 모르는, 유리와 같은 불에서 나온 뜨거운 집게로 조심스럽게 유리를 옮겨 가마에 넣는다. 기다린다. 부드럽고 연약하고 위험한 이 재료가 천천히 식어갈 수 있도록, 바깥의 추위를 감각하지 못할 때까지. 기다리는 동안의 삶을 수행하면서.

물질은 우리의 시선을 붙잡는다. 붙들린 시선은 몸에게 머물 장소를 준다. 표면은 시선과, 시선과 자신 사이의 간격에 놓인 것들과 접촉한다. 우리는 접촉 안에서 존재 가능한 물질들이다. 재료는 과정이라는 시간과 결과물로서의 역량을 내포한 것들의 이름이다. 부드러운 물질은 우리에게 쉼 없는 보기를 요구한다. 우리의 시선을, 시선을 가진 몸을 피로하게 한다. 부드러움은 우연을 통해 완고한 표면을 와해시키는 가능성이다. 우연은 부드럽다. 우연은 강력한 힘을 가진 연약한 물질이다. 우연의 내부가 견고한 예언으로 구성되어 있다면 우연의 외부는 물렁물렁하고 연약한 피부다.

나에게 '보기'가 뜻하는 바는 어쩌면 언어라는 기호에 대한 저항이기도 했던 것 같다. 꿈틀거리는 주변부를 그러모아 활자와 단어라는 기호 안에 구겨 넣고 안심하는 일로부터 벗어나기. 그러니까 사실은 불가능한 안도에 대한 갈망에서 벗어나기. 깡충깡충 뛰어 기호 바깥으로 나가려는 물질들을, 현실을 구성하는 살점들을, 말랑말랑한 피부 아래를 보려는 눈의 의지에 굴복하기. 부드러운 것, 유동성을 통해 자신이 품은 것들을 피부 아래 얼비치도록 두는 것들, 완성이라는 상태를 무화시키는 부드러움의 성질에 굴복하기. 한순간의 누락도 없는 시선을 요구하는 부드러운 물질들의 매혹에 굴복하기. 두려움을 거부하기. 나에게는 언제나 무언가와 접촉하고 있으므로 부드러운 표면이, 흐릿해지는 윤곽이, 물렁물렁한 피부가, 중구난방의 움직임이, 시선을 잡아채는 불확정성이 필요했던 것 같다. 나는 나를 옭아매는 표면의 부드러운 성질을 위해 눈을 사용하고 싶었던 것 같다.

그리고 물질의 표면에서 미끄러지는 시선의 너머를 들여다보는 도구로, 시선의 안쪽을 거처 삼아 머무는 몸으로 언어를 사용하고 싶었던 것 같다. 언어는 부드러운 재료일 뿐 아니라 재료를 부드럽게 만드는 물질이기도 하다는 것을 알고 싶었던 것 같다. 언어라는 기호의 불안과 불완전함을 유동하는 성질로 바라보고 싶었던 것 같다. 언어 안팎의 광막함을 일종의 부드러움으로 대하며 조심스레 다루고, 쉼 없이 바라보고, 불안해하고, 불안해하는 동시에 언어가 품은 무엇이든 될 수 있음의 가능성 때문에 안도하고 싶었던 것 같다. 속이 텅 빈 언어라는 외피의 안쪽을 서성이는 허망함보다는 언어의 부드러운 껍질에 기대는 아늑함으로 기울고 싶었던 것 같다. 현실로 새어 나오는, 현실에서 샌 물이 언제나 바닥에 고여 있는 꿈의 외피는 언어의 그것과 닮았다. 재료로서의 언어는 빗나가고 어긋나다 우연히 진실과 스치곤 한다.

재료의 부드러움이란 물질의 부드러운 성질만을 지시하지 않는다. 주르륵 흘러내리는 반액체 상태의 반죽이나 피부를 갖지 못한 살덩이 같은 물질이 아니더라도 재료는 부드럽다. 단단하고 견고한 물질적 완성이란 환상일 뿐이다. 유리에게 주어진 온도가 유리를 얼마간의 견고한 환상으로 존재하게 하듯이, 환영의 단단한 표현으로 머무르게 하듯이. 재료들은 언제나 완성이라는 지점을 향해 움직이는 것 같지만 그곳이 어디인지는 아무도 모르며 그곳은 언제든지 바뀌거나 사라질 수 있는 곳, 가변성이라는 성질 자체로 존재하는 '것'에 가까운 무엇이다. 모든 것은 완성이 선언된 이후에도 재료로서의 미래를 품고 있다. 부드러운 재료는 틈새를 바라보게 만드는 동시에 틈새를 틈새 아닌 곳으로 만들기 때문이다.

이 책은 얇은 막을 사이에 둔 세 부분으로 나뉘어 있다. 어쩌면 세 부분은 모두 어디까지 볼 수 있는지를 알기 위해 보기, 본다는 행위 자체가 목적인 보기, 표면을 따라 흐르거나 맺혀 있는 것 이상으로 표면을 침범하는 보기를 위한 시도의 이름일 수도 있다.

1부의 글은 언어 기반의 매체를 다루는 자로서 나에게 주어진 구조를, 안팎을 구분 짓는 연약한 벽을 보여주려는 헛된 시도라고 할 수 있을 것 같다. 언어는 무언가를 정확하게 지시하는 기호라고 설명할 수도 있겠지만, 우리의 삶에서 언어의 작동이란 그다지 정확하지 않은 경우가 많다. 언어는 이미지를 품고 있는 부드러운 물질 또는 물질성이 잠재한 비물질이라고 할 수도 있겠다. 추상적인 역량을 실제 세계와 접합하기 위해서 우리는 재료와 구조를 필요로 한다. 그러나 안팎은 쉽게 자리를 바꾼다는 점에서 지속성을 지녀야 하는 구조의 조건에 부합하지 않는다. 입구는 부드럽다. 많은 경우 입구가 출구를 겸할 수 있다는 점에서 특히 그렇다.

1부, 그리고 재료가 가진 물질로서의 부드러움을 다루는 2부는 손의 힘에 따라 미묘하게 기우는 자가 긋는 선처럼, 책을 구상하던 때의 의도라는 것이 어떻게 미세한 빗나감을 향하는지를 보여주는 글의 모음이다. 3부에 실린 글들을 생각하며 썼던 서문, 그러니까 예언으로 기능하기를 바라며 썼던 글은 이제 미세하게 어긋난 직선들로 뒤덮여 있다. 실제로 글을 쓴다는 수행이, 나의 생활이, 생활과 작업이 뒤엉킨 시간 안에서 발생한 감정, 생각, 말 같은 것들이 예언과 책 사이의 시차에 물질성을 부여하고 있다.

유리를 배우며 찾아본 문헌에는 다음과 같은 내용이 있었다.

> 고체와 액체의 관점에서 보자면 유리의 입자들은 액체와 같이 무질서하게 퍼져 있다. 이론대로라면 유리의 형태는 물과 같이 그릇에 담는 대로 변해야 할 것만 같다. 하지만 유리 입자는 거의 움직이지 않는다. 이런 특징은 수십 년간 과학자들을 어리둥절하게 했다. 과학자들은 유리의 특이한 구조에 '유리 상태[glass state]'라는 이름을 붙였고, 유리를 '비결정질[또는 무정형] 고체'라는 특별한 카테고리로 분류했다.

유리가 사실은 과냉각된 상태의 액체라는 것. 세계가 취하는 물질성이란 어떤 대상에게 지나치거나, 부족하거나, 가끔 적합한 조건을 준 데 따르는 우연하고 일시적인 배치일 뿐이라는 것. 주어진 조건과의 관계 속에서 스스로를 특정한 형상으로 배열하는 유리의 부드러운 의지를 목격했다는 착각이 드는 순간이 있었다는 것. 2부는 작은 점 같은 그 순간의 안쪽으로 멀리, 깊이 뛰어들며 나아가는 보기를 위한 시도의 증거다.

3부는 처음 이 책을 구상하기 시작했을 때, 책에 실린 어떤 글도 아직 쓰이지 않았을 때의 의도로부터 출발한 글들의 자리다. "관람자로서 내가 마주하는 것들을 재료 삼아 부드러운 입구를 만들고 무엇이든 될 수 있음을 향해 나아가는 글쓰기"라고 설명해보려 했던 글, 그러니까 '작품'이라는 단어로 거칠게 묶을 수 있을 일련의 것들을 재료로 둔 글이다. 입구를 내어준 공간으로부터,

작품으로부터 멀어지며 입구를 희미하게 만들려고 했던 글. 돌아갈 곳을 자발적으로 잃어버리려 했던 글. 가볍게 바닥을 구르고 허공을 떠돌다 만나 뒤엉키는 먼지들처럼 내가 관람하는 것들과 관계 맺기를 바랐던 시도들이다.

'들어가며'라는 제목을 단 이 글, 그러니까 이 책의 서문은 사실 책에 실린 글 중 가장 마지막에 쓰인 글이다. 내가 이 책에서 나오며 쓴 글이 책으로 독자를 초대하기 위한 입구에 놓인다는 사실이, 이 사실의 부드러움이, 책이라는 구조의 움직임이 나를 안심시킨다. 어서 오세요, 안녕히 가세요. 두 개의 인사가 부드럽게 뒤엉켜 있다.

내가 가장 자주 발음하는, 나에게 소리라는 물질로 가장 자주 주어지는 단어는 '연두'다. 연두는 내가 거의 매일 함께 걷는 개의 이름이다. 연두, 연두. 입안에서 공기의 진동이 동그랗게 구르며 뭉쳐지는 듯한 소리다. 입안을 구르는, 입술을 지날 때면 움푹 팬 표면을 지녔다가 복원되는 말랑말랑하고 둥글고 연한 것. 연두는 두드릴 때마다 생겨나는 문을 만들듯이 코로 땅을 두드리며 걷는다. 우리의 발아래서 풀들이, 나의 개와 구조가 다른 물질인 연두가 부드럽게 뭉그러진다. 우리의 머리 위에서 다른 색이라는 미래를 품은 연둣빛 잎사귀들이 흔들린다. 모든 연두의 표면 위로 빛과 시선이 미끄러진다.

나는 연두라는 부드러움으로부터 부드러움이, 부드럽고 연약한 지반 위에 서 있는 일이, 밟을 때마다 외피를 변경하는 무른 세계 위를 배회하는 것이, 매 순간 손상되고 복원되고 기억하는 표면 위에서 같은 성질의 표면을 가진 몸으로 있다는 사실이, 이 모든 것을 포함하는 시간에 잠시 맺힌 물방울 같은 것으로 존재하는 일이 안전할 수도 있다는 것을 배웠다. 작은 압력이 가해지는 모양대로 변하는, 찢어지는, 살점을 툭툭 떨구는, 흔들리는, 흘러내리는, 매 순간 새로운 형상을 향하는 과정으로서의 세계 속에서, 부드러운 재료로서 안전할 수 있다는 것을.

2024년 12월
김리윤

안팎은 다시 배치된다

자연성

시에 내가 꾼 꿈을 동원하는 일 앞에서 언제나 주저하게 되곤 했다. 꿈을 동원할 경우 시가 꿈에 잡아먹히는 동시에 꿈의 외피를 덧입음으로써 손쉽게 (좋은 것이든 나쁜 것이든) 어떤 형상을 획득하게 되기 마련이고, 그것이 어쩐지 비겁하게 느껴졌기 때문일 수도 있다. 현실의 내부에서 시를 쓰고 있는 나의 몸을 꿈에게 내어주는 일이 불가해한 교환으로 느껴져서 두려웠기 때문일 수도 있다. 꿈이 알 수 없고 위험한 자연, 아주 긴 막대기를 넣어도 바닥에 닿지 않을 만큼 깊고 깊은 작은 점, 새카만 미지를 내포한 현실의 한 귀퉁이, 현실 전체의 투명도를 변경하는 얇고 커다란 막처럼 느껴졌기 때문일 수도 있다. 시와 꿈이 언제든 서로의 테두리를 넘치기 쉬운 상태로 찰랑이는 것이기 때문일 수도 있고, 꿈은 현실을 이루는 얼룩 중 하나이며 현실 역시 꿈을 이루는 얼룩 중 하나인 것 같았기 때문일 수도 있다. 시에 꿈을 동원하는 일은 가능하지만 꿈에 시를 동원하는 일은 불가능한 것처럼 느껴졌기 때문일 수도 있다.

제목에 감정이라는 단어가 들어가는 세 편의 시는 꿈을 위해, 꿈 때문에, 꿈에, 꿈으로 말미암아 시가 동원된 세 개의 사례다. 나로서는 어쩔 수 없는 일이었다.

어떤 사정으로 인해 낯선 곳에서 조금 일찍 맞게 된 2024년 여름, 어느 날 밤의 꿈에서 나의 개는 기억을 잃어가는 중이었다. 그리고 기억이 곧 개의 살점, 피, 뼈, 피부인 것처럼, 기억이 개를 이루는 질량이었던 것처럼, 기억만이 개라는 형상을 빚은 재료였던 것처럼 개는 작아지고 있었다. 평소처럼 개와 산책을 가려 했다. 그러나 가슴줄을 채우는 동안에도 개는 계속 작아지고 있었다. 가슴줄 너비를 줄이고, 줄이고, 더 줄여보았지만 끈 길이를 조절하는 동안에도 개는 계속 작아지고 있었기 때문에 모두 헛일이었다. 개의 시간은 오직 물리적인 소멸을 향하는 운동으로만 존재할 뿐이었다. 나의 의지와도, 개의 의지와도 관계없이 개는 끝없이 줄을 빠져나갔다. 자기 이름을 잊고 산책이라는 소리를 잊고 걷는 방법을 잊었다. 개는 설명할 수 없이 이상한 보법으로 걸었다. 걷는 방법을 잊었으나 걷는 능력을 잃어버리지는 않은 몸의 걷기. 그 걸음이 나를 너무나 슬프게 했다. 이 슬픔에 대한 발화로서의 '슬픔'이라는 단어는 너무도 얇고 좁았고, 그 사실이 나를 막막하고 두렵게 했다. 있는 힘껏 붙잡아보아도 개는 나의 움직임보다 빠르게 작아지고 있었다. 테니스공 정도의 크기로 작아진 몸의 낯선 부피, 무를 목적지로 설정하고

이동 중인 것처럼 자신의 테두리를 축소하고 있는 몸의
낯선 움직임. 그러나 손에 닿는 몸이 지닌 촉감만은 꿈
바깥에서 가져온 기억과 완벽하게 같은 것이라 이상했다.
개가 나의 손에 전달하는 미미한 촉감은 평소처럼 부드럽고
따뜻했다. 그 부드러움이 손끝에서 작아지고 있는 개가
더 빠르게 손에서 벗어나도록 했다. 아무리 붙잡아보아도
개는 부드럽게 미끄러지며 나의 손을, 우리가 속한
세계를 이탈하고 있었다. 붙잡고, 더 붙잡고, 계속 붙잡는
동안에도 개는 계속 작아졌다.

나는 아주 깊이 슬펐다. 그것은 내가 다룰 수 없는 깊이의
슬픔이었다. 어쩌면 그것을 시가 다룰 수 있을지도
모른다고 생각했던 것 같다. 어쩌면 그것을 이야기로 만들어
나에게서 빼돌릴 수 있다고 생각했던 것 같다. 나의 존재는
이야기의 표면에 잠시 맺혔다 흘러가는 물방울 같은 것에
불과해질 거라고, 이런 흘러감이 필요하다고 생각했던 것
같다. 강변에 앉아 이야기하는 동안 수면에서 잠시 일렁이는
얼굴처럼. 얼굴 없이도 강이 여전히 강인 것처럼. 강이
얼굴을 다뤄야 한다고 생각하지 않는 것처럼.

꿈에서 나는 작아지는 몸 때문에 자꾸 손에서 벗어나는
개를 붙잡으려 애쓰며 뒷모습만을 보고 있었는데, 얼굴을
보지 못해 다행이었다. 개가 촉감을 동반한 윤곽으로만 남아
있어서. 얼굴은 감정을 재료로 빚은 사물 같은 것이라서,
얼굴과 마주 보지 않은 감정은 현실의 그림자만을 동원할

뿐이라서 빛이나 다른 개체의 개입 같은 외부의 조건에 의해 흐릿해질 수 있다. 다른 차원의 현실이나 시간과 뒤섞여버림으로써 내가 파악할 수 없는 저 너머의 시간까지 흘러넘칠 위험으로부터 안전해진다.

언제부턴가 감정만이 생생한 현실 같다는, 실재하는 것 같다는, 유일한 사실이며 진실이라는 생각을 한다. 감정은 현실을 동원한다. 현실은 감정을 위해 동원된다. 가상의 개 하나가 있고 그걸 정말 사랑하게 되어버린 누군가가 있다면. 개가 아니라 인간이거나, 개미이거나, 코끼리라도 상관없다. 어쨌거나 어떤 개가 있고 내가 그 개를 사랑한다면, 개가 허구일지라도 사랑은 너무나 생생한 현실로 실재한다.

그리고 현실은 사랑을 위하여 개를 동원할 것이다. 고구마와 육포 중 무엇을 좋아하는지, 물을 보면 뛰어드는지 도망가는지, 차를 잘 타는지, 길고 흰 털을 가졌는지 짧고 빛나는 검은 털을 가졌는지, 무슨 색 눈동자를 가졌는지, 어떤 식으로 걷고 얼마나 자주 냄새를 맡느라 멈추는지 설명할 수 있는 그런 개를. 이때의 사랑은 물질과 존재를 동원하며, 사랑이 동원하는 존재는 기억을 동원한다. 물론 기억은 시간을 동원한다. 허구를 향한 사랑이 현실을, 존재를, 기억을, 물질을, 시간을 동원한다면 이 모든 것이 동원된 무엇을 현실이 아니라고 할 수 있을까.

공포나 슬픔 같은 감정 역시 마찬가지다. 자라 보고

놀란 가슴 솥뚜껑 보고 놀란다는 속담처럼. 나를 놀라게 한 것이 자라가 아니라 솥뚜껑이었음을 알게 된다고 해도, 자라라고 착각한 순간의 놀란 감정은 사라지지 않고 순간 속에 여전히 맺혀 있다. 그런 순간들, 생생한 현실들, 세계와 나 사이의 오해나 착각 진위와는 무관하게 여전히, 너무나 진짜인 감정들은 그 자리에 남아 시간을 감당한다. 이런 것들로 얼굴은 얼룩덜룩하다. 얼굴은 감정과 시간이 뒤엉킨 얼룩덜룩하고 구체적인 덩어리다. 마주 보는 얼굴은 나와 동시적인 시간에 존재하는 물질인 동시에 과거와 엉켜 있으며 미래를 품고 있어 지나간 시간도, 도래할 시간도 현재에 엮인 채로 함께 움직이며 보이는 것으로 만든다.

그리고 말. 이야기. 문자. 언어. 언어는 참 이상하고 복잡한…… 무엇이다. 복잡한 다음에 올 단어로 기호, 비물질, 공간, 매체 같은 것들을 두고 고민하다 무엇도 정확하지 않은 것 같아 '무엇'이라는 단어로 일단 도망쳐본다. 언어는 기호이고 비물질이고 공간이고 매체이며 소리, 이미지, 조형, 의미, 도구, 재현, 기타 등등이다. 순간의 발화이며 영원히 지속되는 시간이다. 모든 것이 우글거리는 무한이며 무한의 입장에서 보면 조그마한 구체로 얼룩덜룩한 더미다. 내 현실의 일정 분량을 언어로 잘 싸서 보관하거나 보여줄 수 있다.

이렇게. 꿈속에서 나는 슬펐다. 이런 문장으로. 슬픔이 꿈의 안팎을 가로지르는 선을 뭉개두었다. 이렇게도 쓸 수 있다. 슬픔은 꿈 바깥으로도 나를 따라왔다. 아니, 꿈 바깥 역시 꿈속의 슬픔이 만든 세계의 일부였다.

그리고 슬픔. 슬픔이라는 단어가 있어서 좋다. 슬픔을 슬픔이라고 쓸 수 있다는 사실, 슬픔이라는 2음절 단어를 발음하는 데 필요한 시간과 노력이 아주 조그마한 것이라는 사실, 이 단어와 글자에 부피가 없다는 사실이 좋다. 그 꿈. 나를 슬프게 했던 꿈. 나의 슬픔을 구성하고 있는 꿈. 나의 슬픔. 나의 슬픔이 '슬픔'이라는 단어에 안전하게 담겨 있어서 좋다. 단어가 아무리 투명한 외피를 입고 있다고 해도, 모두 이 글자를 볼 수 있다고 해도 이 단어에 고여 있는 슬픔을 정말로 볼 수 있는 이는 아무도 없다. 나를 포함하여. 이것을 들여다보면 누구라도 평평하고 매끈한 표면에 비친 자신의 얼굴과 중첩된, 내부라고 여겨지는 무언가를 보게 될 뿐이다.

감정과 형상

형용사를 하나씩 잃어버리게 되는 병이 돌았습니다.
사람들은 감정을 단어라는 단단한 껍질 안에 안전하게
가둬둘 수 없었습니다. 단어라는 반투명한 용기에 담긴,
반쯤 죽고 반쯤 살아 있는 감정을 서로에게 보여줄 수도
없었습니다. 이제 감정들은 무리 짓지 않는 야생동물처럼
사람들의 얼굴에 너저분한 발자국을 남기며 시간을
배회합니다. 감정은 지나치게 생생한 현실이라서 사람들은
그보다 생생한 현실을 만들기 위해, 감정이라는 현실
너머로도 얼비치는 실재를 갖기 위해 각별한 노력을
기울여야 했습니다.

우리는 이렇게 시작하는 이야기를, 형용사를 잃어버린
사람에게 분실된 단어를 설명할 수 있는 이야기를 짓고
들려주기를 좋아했다. 새로운 단어를 상상하고 싶은
것은 아니었다. 그보다는 기호에 묻은 얼룩들을, 기호라는
몸에 깃든 사건의 망령들을, 서로의 얼굴 깊숙한 곳을
보여주거나 보고 싶었던 것 같다. 형용사의 내부를 구성하고

있는 감정을 표면 없이 마구 풀어주는 것. 배우지 않고 이해하지 않고 그냥 알게 되는 것. 어떤 소리를 기호로 만드는 표면이, 표면만 남은 텅 빈 껍질이 스스로 살을 찾아 욱여넣게 만드는 것. 우린 그런 이야기를 지어내야 했다. 우리를 응시하는 얼굴 같은 것. 우리를 향해 움직이는 형식 같은 것. 사방의 시간을 휘감으며 계속 구르는 돌 같은 것. 몸 없는 것. 몸보다 오래 지속되는 것. 몸보다 멀리 떠도는 것. 몸을 찾아 헤매듯이, 바라는 몸이 이야기 안에 이미 있었던 것처럼, 몸 없이도 이따금 자신의 형상을 보여주는, 그래 귀신처럼 현현하는, 단어 없이도 단어가 품은 모든 것을 한순간 알게 만들어버리는 것. 우리의 입에서 흘러나와 우리의 안팎을 떠돌고, 우리를 자신의 표면에 잠시 맺혔다 사라지는 물방울 같은 것에 불과하게 만드는 이야기.

명이라는 사람이 있었습니다. 명에겐 쿵이라는 개가 하나 있었습니다. 쿵은 아름다운 걸음을 가진 개였습니다. 쿵은 코로 땅을 두드리듯이, 세계 안쪽에 공손하게 안부를 묻듯이, 발이 닿았던 모든 점과 점 사이의 시간들을 기억하듯이, 기억을 깊숙이 제 안으로 가라앉히듯이 지면을 부드럽게 누르며 걸었습니다. 우리가 어느 날 아름답다는 말을 잃어버린대도, 누구라도 쿵이 걷는 모습을 보면 아름다움을 알게 될, 그 느낌을 포획할 말 같은 건 포기하게 될 그런 걸음이었습니다. 어느 날부터인가 명은 쿵이 자꾸 작아지는 것 같다고 생각합니다. 목줄이 미묘하게 매일 헐거워지는 것 같았기 때문입니다. 쿵은 밥도 잘 먹고, 잘 걷고, 잘 자고, 작아지는 것 외에는 아주 건강해 보였습니다. 야위어 보이지도 않았습니다. 그러나 끓는 물처럼 매일 허공으로 소진되듯이 작아지고 있었습니다. 처음에는 착각인가 했지만, 평생 써왔던 목줄을 더 이상 줄일 수 없을 만큼 줄였을 때에는 착각이라는 믿음을 포기할 수밖에 없었습니다. 어느 날 쿵을 부르다가 명은 쿵이 자기 이름을 이루는 소리들을 잊었다는 걸 알게 되었습니다. 다음 날은 산책이라는 소리를 잊었다는 걸 알았습니다. 명은 알았습니다. 쿵은 기억을 잃어가는 중이구나. 쿵은 마치 기억으로 빚은 개인 것처럼, 기억이 살점을 덧붙이는 물질처럼, 기억으로 이루어진 부피였던 것처럼 작아지고 있었구나. 내가 가진 말을 폐기하면서 구성되는, 말이라는 껍질을 덧입지 않은 쿵의 기억이 사라지고 있는 것을 나는 알 수 없었구나. 엎드린 모습이 한겨울 덤불 같던 쿵은 이제 한 손으로도 들 수 있을 만큼 작아졌습니다. 쿵은 산책로를 이탈하듯이 시간에서 삐져나와 있었습니다. 쿵에게는 오직 휘발되는 지금밖에 없었는데, 그건 물질이 될 수 없는 시간이었습니다. 쿵은 걸음을 옮길 때마다 걷는 법을 잊었습니다. 냄새 맡는 법도 잊었습니다. 그것을 잊자 쿵이 가진 지금의 면적 역시 아주 조그마해져서, 지금 위로 쌓이는 싸리눈 같은 아주 얇은 기억조차 생성될 수 없었지요. 쿵은 자꾸 작아졌습니다. 점점 더 빠른 속도로 작아졌습니다. 새로 산 목줄을 채우는 동안에도 목줄은 자꾸 헐거워졌습니다. 명은 쿵을 붙잡습니다.
쿵은 더 작아집니다. 손에 닿는 쿵의 체온은 겨우 손가락
마디 하나를 건드릴 정도의 것이었습니다. 명은 쿵을 더
붙잡습니다. 쿵은 아주아주 작아졌습니다. 손금에 미미하게
닿는 쿵의 털은 평생 느껴왔던 것처럼 부드럽고
연약했습니다. 쿵은 형상이 되는 법마저 다 잊어버린 것처럼
작아졌습니다.

그 사람은 개를 더 붙잡으려 했습니다.
이제 없는 개
죽지 않은 개를
다시 붙잡으려 했습니다.
계속 붙잡으려 했습니다.

이야기를 마쳤을 때, 우리의 눈앞에는 흰 물로 가득 찬
창문이 있었다. 그저 벽에 난 구멍이 있고, 구멍에는 유리가
끼워져 있고, 그것이 온통 흰색일 뿐이었는데 우리 모두는
창 너머의 저 흰 것이 거대한 물이라는 걸 알았다. 창문을
여는 순간 실내를 가득 채울 것. 우리를 묻어버릴 것. 우리의
안쪽으로 깊숙이 흘러들어올 것. 그 새하얀 면이 흰 물인
것을 우리는 알았다. 슬픔이라는 단어를 잃어버려도,
슬픔이라는 단어를 갖지 못해도 슬픔을 알게 되고야 말듯이.
우리는 알았다.

나는 바깥으로 나가고 싶었다. 창문뿐인 이 방에서 나가고
싶었다. 사진 한 장 남아 있지 않은 현실을 누가 현실이라고
생각하겠는가. 여기에는 카메라도, 캠코더도, 핸드폰도
없다. 저 창문을 가볍게 열고 창틀을 넘으면 그만이다. 흰 것,
우리를 감싸고 짓누르고 파묻고 침투하는 흰 것이라고는……
내가 입은 검은 옷에 붙은 우리 개의 흰 털 정도일 것이다.
그러나 창문은 점점 자라고 있었다. 나는 내가 느끼는
것 외에 다른 현실은 생각할 수 없었다. 감정만이 현실을
구성하고 있었다. 창문을 향해 손을 뻗다 본 손가락은
이미 허옇게 젖은 털 범벅이었다. 명아, 너도 이리 와서 떡
좀 먹어. 우리 중 누군가가 부르는 소리가 들렸다. 창문에
비친 우리의 얼굴은 모두 다르게 얼룩진 같은 표정이었다.

《새 손》[1]을 위한 작업 노트

관찰하는 것은 시선을 통해 사물에 개입하는 행위다. 세계를 목격하거나 관찰하는 동안, 그리고 시를 쓰는 동안 종종 어도비(Adobe) 소프트웨어에서 레이어 간의 '혼합 모드(blending mode)'를 떠올린다. 무수하게 포개진 레이어로 구성된 세계. 그리고 표준, 디졸브, 어둡게 하기, 곱하기, 색상 번, 선형 번, 밝게 하기, 스크린, 오버레이, 핀라이트, 차이, 제외, 색조, 채도, 색상, 광도를 기준으로 이 모든 레이어를 뒤섞기. 정렬하기. 숨기거나 드러내기. 다시 바라보기.

어떤 혼합 방식은 모든 레이어의 형태와 색을 곱하거나 반죽하듯이 뒤엉킨 덩어리로 보여주고, 수많은 레이어를 이런 식으로 포개어 본다면 어떤 것도 온전히 볼 수 없다. 이런 보기는 '온전함'의 상태를 미결의 영역으로 밀어낸다. 한 장으로 우리에게 주어진 이미지가 내포한 이 모호한 얼룩들을, 혹은 각각의 얼룩 한 겹 한 겹을 온전한 것이라고 부를 수 있을까. 한 꺼풀의 레이어를 벗겨내어 들여다보는 일만이 온전한 보기일까. 반대로, 우리의 눈앞에 놓인

한 장의 이미지를 주시하는 것이 온전한 보기라고
할 수 있을까. 얼룩들을 뭉쳐놓은 이것을 한 장의 온전한
이미지라고 할 수 있을까.

각각의 레이어에 존재하는 형상이 서로를 흡수하듯이
깊어지면 그것은 어둠에 가까운 이미지가 된다. 표준 혼합
방식은 모든 레이어를 불투명한 것으로 설정하고 가장 앞의
레이어만을 깨끗하게 보여준다. 이것은 뒤의 레이어들을
모조리 깨끗하게 지운다는 것과 같은 말이기도 하다. 어떤
혼합 방식은 밝은 부분만을 분간할 수 있게 해주고,
어떤 혼합 방식은 어두운 영역과 밝은 영역을 뒤바꾼다.
보는 자로서 우리의 몸 앞에 놓인 세계를 완결로부터
끝없이 밀어내는 것, 언제나 부드럽게 유동하는 재료 상태에
머물게 하는 것. 이것이 보는 행위가 세계에 하는 일,
세계를 보는 동안 일어나는 일, 시를 쓰는 동안 무언가를
보는 방식과 닮았다고 느낀다.

시 속의 이미지들은 물질을 요구하지 않으면서 존재하기에
자유롭고 가변적이다. 존재를 위해 상상력을 동원하는
이 이미지들은 매 순간 자기 자신을 전복하고 자발적으로
손상됨으로써 아무리 손상되어도 망가지지 않는 물질성
혹은 비물질성을 획득한다. 개별적인 몸 안에서만 재생되는,
서로 만날 수도 포개질 수도 없는 무한한 상으로 발생한다.
물질을 재료로 삼지 않으면서 존재하는 이미지가 가진
불완전함과 그것이 품고 있는 가능성. 그 가능성은

어디로 나아가고 또 휘발되면서 헛되고 덧없는 노력을 축적하는가.

상상력에 의존하는 이 이미지들, 읽는 이의 머릿속에서 일어나는 작용을 통해서만 물질을 획득하던 이 이미지들에게 부피와 질량이 있는 물질을 재료로 주는 일은 무엇을 가능하게 만들고 무엇을 불가능하게 만들까? 이미지를 보이는 것으로 만드는 일은 어떤 맹점을 남길까? 이미지를 선명한 물질로 눈에 쥐여주는 일은 이미지를 해방하는 일에 가까울까, 가두는 일에 가까울까? 갇힌 이미지들을 다시 언어로 옮기는 일은 이미지에게 새로운 자유를 줄 수 있을까? 언어(비물질)-이미지와 시각(물질)-이미지는 서로에게 한 쌍의 기호가 아닌 입구로 작용할 수 있을까? 전자가 후자가 되는 과정은 재현의 방법을 통해서만 가능할까? 전자와 후자가 쌍을 이룰 때, 둘은 서로의 재현이라는 설명 혹은 오명을 벗어날 수 있을까? 언어는 정말 비물질의 범주 안에 속하는 것일까? 언어가 갖고 있는 물질성이 있다면 그것은 어떤 감각을 통해 공유될 수 있을까? 언어에 이미 내재한 물질성은 공간화할 수 있는 것일까? 물질을 동원한 윤곽으로 존재하는 형상들, 고정된 하나의 상으로 제시되는 이미지들이 개별적인 눈들 너머로 침투할 때 발생하는 언어는 무엇을 지시하려 할까? 유리창을 사이에 두고 마주 보는 두 사람처럼 시의 언어와 관객의 내부에서 발생하는 언어가 전시장의 물질 이미지를 사이에 두고 마주 보고 있다면, 둘의 얼굴은 얼마나 닮았을까? 조금도 닮지 않은 두 얼굴이 될 수도 있을까?
둘은 어느 정도로 겹쳐진 서로의 얼굴을 보게
될까? 둘은 서로의 얼굴을 어떤 방식으로 포개고 혼합하여
보게 만들까? 전시장은 어떤 방식의 포개짐을 선호하는
공간이 될까?

이런 질문들 사이에서, 작업은 '손'을 다루는 세 편의 시와
한 세트의 이미지를 출발점으로 삼아 크게 두 개의 축으로
전개된다. 물질로서의 손, 행위자로서의 손, 이미지로서의
손, 상징으로서의 손, 언어적 기호로서의 손, 노동의
주체로서의 손. 가느다란 뼈로 구성되어 있으며 얇은 피부로
뒤덮인, 뼈와 핏줄이 움직이는 방식을 반투명하게 드러내는
이 부분은 의식과 무의식을 오가며 우리가 행할 수 있는
가장 섬세하고 복잡한 일들을 수행하는 데 주로 쓰인다.
때로는 기민하게 인간의 감정을 드러내는 상징이자
기관으로 여겨지며, '손을 잡다', '손을 놓다', '손을 씻다',
'손을 더럽히다'와 같은 관용구에서 엿볼 수 있듯이 언어
체계 안에서 특수한 기호로 작동하기도 한다.

전시에서는 이렇게 시 내부에서 비물질성의 이미지로,
또는 상징이나 언어적 기호로 존재하는 손에 물질을
덧입히기 위한 수행의 도구로서 손을 동원한다. 한편으로는
그림, 사진, 조각 등 시 바깥에 물질성 이미지로 존재하는
손을 무작위로 수집하여 듬성듬성하게 혹은 조밀하게
나열하고 이것을 다시 비물질성의 이미지로 변환하기 위해

손을 동원하기도 한다. 각각의 과정에서 손은 스스로 사물이 될 수도 있고, 사진을 찍거나 그림을 그리거나 글을 쓰거나 종이를 접는 등의 행위를 통해 노동의 주체가 될 수도 있다.

첫 번째 축에서는 『투명도 혼합 공간』에 수록된 「관광: 씻은 손」, 「관광: 씻긴 손」 연작과 「사실은 느낌이다」를 중심으로 한 편의 시가 가진 레이어를 겹겹이 뜯어내고 각각의 겹에 물질을 부여하는 과정과 결과를 전시한다. 세 편의 시에서 창문은 공간에 빛을 개입시키고 안팎을 구분하는 동시에 실내의 풍경을 교란하는 존재로 등장하며 손을 비춘다. 창문은 보기를 가능하게 하는 최소 단위로 존재한다.

손을 위해 창문을 열망하는 두 편의 시, 「관광: 씻은 손」, 「관광: 씻긴 손」을 위해 전시 공간의 깨끗하고 무결한 흰 벽에 창문을 내는 일은 어떻게 가능할까. 소리라는 조건은 창문을 가능하게 할 수 있을까. 반대로 창문을 무화시킬 수도 있을까. 바깥을 통해 실내의 풍경을 흔들고, 손과 눈이 바깥을 향하게 만드는 일은 어떤 과정을 필요로 하며 어떤 결과를 도출할까. 불투명한 살점과 피부, 반영 없는 표면으로 이루어진 손에 물을 덧입히는 행위를 '손 씻기'라고 볼 수 있다면 이 겹겹의 표면은 어떤 식으로 외부와 관계할 수 있을까.

전시를 준비하는 동안 대부분의 시간을 보낸 작업실은 보도의 은행나무와 맞닿은 덕에 초록빛으로 가득 차는 커다란 창을 가졌다. 이 창문 앞에서 매일 손을 씻고, 손으로 카메라 셔터를 눌러 씻은 손의 이미지를 기록하고, 모든 과정을 마친 후에는 이 과정을 활자로 기록한다. 속기하듯 빠르게. 가능한 감정이나 무의식, 손을 씻는 시간과 활자 사이의 통로가 막 없이 열린 것이 되도록. 그리고 활자와 이미지로 이루어진 이 기록은 다시 시의 재료가 된다. 씻은, 씻긴 사물로 이미지 안에 머무는 손과 모든 과정을 행하는 노동의 주체로서의 손은 서로 어떤 영향을 주고받게 될까. 창문 바깥의 풍경을 벽면으로 옮겨놓는 일, 벽면을 차지하고 시선을 끌며 명료한 물질 안에 존재하는 이미지는 창문을 대리할 수 있을까. '손을 씻다'는 언어, '손을 씻다'는 기호, 손을 씻는 행위가 문맥 안에서 배열됨으로써 촉발하는 상상 속의 이미지와 우리의 눈앞에 주어지는 씻은 손 사진 속 이미지, 명료한 물질적 실재가 촉발하는 의미 사이에서 발생하는 간격에는 무엇이 있을까.

「사실은 느낌이다」에서 '손가락 하나로도 망쳐버릴 수 있는' 것이기에 손댈 수 없는 사물 만들기를 수행하는 과정은 손을 어떻게 동원할까. 이렇게 만들어진 연약하기 짝이 없는 사물들은 어디로 갈까. 완성된 사물을 다시 해체한다면 손이 수행한 노동의 흔적은 어떻게 남겨질까. 이것을 망가짐이라고 부를 수 있을까. 종이 꽃을 어떻게 시에서의 '종이 꽃'과 일대일로 대응하지 않는 이미지로, 시에 대한 삽화가 아닌 무엇으로 보여줄 수 있을까. 정확히

지시하는 이름을 가진 사물에 어떻게 기호로부터 탈각된 지점을 심어둘 수 있을까.

연약성은 일종의 끔찍함을 동반한다. 연약한 물성을 지닌 대상을 보거나 다루고 있자면 그것이 가진 연약함 때문에 초조하고 두렵고 불안해진다. 반면 이렇게 두려움을 촉발하는 성질 때문에 연약함은 다치기 어려운 사물의 조건으로 자리할 수도 있다. 우리의 작고 연약한 손은 종이를 접어 무엇이든 만들 수 있고, 구기거나 찢어버림으로써 쉽게 망가뜨릴 수도 있다. 종이는 얇고 취약한 물질인 동시에 약간의 부주의함만으로도 우리의 피부를 찢고 손에 상처를 남기기도 한다. 서로의 연약함을 교환하는 손과 종이의 관계 맺음이 가능하게 하는 '보기'의 가능성은 무엇일까. 이 관계 안에서 손의 수행이 동반한 시간의 궤적 위를 배회한다면 우리는 무엇을 볼 수 있을까.

두 번째 축은 시 「손에 잡히는」을 출발점으로 삼아 도구를 보조하는 손, 도구를 가능하게 하는 신체로서의 손, 무엇을 쥐고 있느냐에 따라 달라지는 손이라는 맥락, 손안에 있다는 상황을 부여하는 것만으로 사물의 상태를 변경하는 손의 속성을 들여다보려 한다. 이를 위해 지난 1년 남짓 수집한 손 이미지들—날카로운 도구를 쥐거나, 글을 쓰거나, 불을 피우거나, 불을 쥐거나, 손을 잡거나, 손을 씻거나, 다른 몸을 쥐거나, 빛에 관통당하는—을 각각 한 겹의 레이어로 삼아 원본을 어떤 방식으로건 이탈하는 이미지로 변환한다. 각각의 레이어는 언어를 재료로 만들어질 수도, 그림이나 사진, 데이터를 재료로 만들어질 수도 있다.

'손이란 부서진 물질을 올려두는 것만으로도 그것을 복원하는 다음 장면을 만들어내는 정물'이라는 문장은 얼마나 사실일 수 있을까. 어떤 조건이 주어질 때 사실로 기능할 수 있을까. 우리의 손은 이 문장을 사실로 만들기 위해 무엇을 수행할 수 있을까. 다른 이의 손을 쥔 손과 칼자루를 쥔 손이 그러하듯이, 같은 살과 뼈와 피부로 구성된 물질임에도 손은 그것이 쥔 도구나 예지하는 움직임에 따라 다른 물성을 획득한다. 각기 다른 상황과 맥락에 놓인 채 각기 다른 동작을 수행하며 서로 다른 도구처럼 기능하고 있는 손들은 어떤 방식의 포개짐을 통해 하나의 소실점을 향해 수렴할 수 있을까. 혹은 없을까. 모든 가능성과 성공과 실패가 중첩된 이미지를 위해 손은 무엇을 수행했을까. 그 이미지는 손을 어디로 데려갈 수 있을까.

전시는 완결된 사물 대신 우리를 사물로 이끄는 의미와 과정, 과정에서의 운동을 보여주고자 한다. 그것이 손에게 어울리는 일이므로.

1. 김리윤 개인전 《새 손》, 2023. 8. 25–9. 16, 전시공간 리:플랫.

《새 손》(전시공간 리:플랫, 서울, 2023. 8. 25–9. 16) 전시 전경
사진: 김진솔, 제공: 리:플랫

깨끗하게 씻은 추상

추상은 꿈꿀 공간을 준다지만[1]
너는 구체적인 창문을 필요로 했다
꿈꿀 공간 말고
손에 잡히고 눈에 보이는
설명할 필요 없이
보여주면 그만인 그런 것
그런 창문을

원했다
시간을 잘게 부수어 눈을 위해 사용하기를

너는 추상에 짓눌리지 않기 위해 꿈꿀 공간에 잡아먹히지 않기 위해 꿈을 꾸느라 피로에 전 채 탁한 눈으로 나를 보는 사람이 되지는 않기 위해 혼곤한 잠에 취할 수 있을 정도의 꿈꿀 공간만을 남겨놓기 위해 창문을 필요로 했고 추상이 필요한 순간이면 창밖을 흐릿한 배경으로 만들 사물을, 창문 앞에 두고 아주 오랫동안 잘 바라보기 위해 애쓸 만한

개체를 필요로 했다 가까운 곳에서 눈을 떼지 않고 볼 만한
움직임을 가진 것 계속 헝클어지는 가장자리를 가진 것
시선을 잡아채는 방식으로 운동하는 테두리 가장자리
바깥의 모든 것을 추상으로 바꿔버릴 수 있는 덩어리를

그러니까 손 같은 것 조그맣고 가늘고 제멋대로 움직이는 것
젖을 수 있고 다시 마를 수 있고 젖었다 마르는 동안
손상되지 않는 것 보고 있으면 무슨 의지 같은 것이 있으리라
짐작하게 되는 것 변화하는 표면을 가진 것 깨끗하게
복원되는 표면을 가진 것 다른 물질에 기민하게 반응하는 것
보지 못한 세부가 남겨져 있을 거라는 느낌을 거듭 주는 것
네가 아는 무엇보다 구체적인 것 거의 모든 것에 대한
구체성처럼 움직이는 것 물의 부드러운 투명함을 깨지는
물질의 속성으로 다시 빚는, 그러니까 손 같은 것

씻은 손의 물기들은 순간을 더 작은 순간으로 쪼개며
　　구체성에서 달아난다
시간을 잘게 부수며 몸에 서린 광택이 된다

누구라도 창문을 필요로 하게 되는 날씨가 창밖에 있다
창문은 손상을 통해 벽을 증언한다

주변을 흡수하는 빛
풍경을 모아두는 초소형 사물로서의 물방울이

너의 손끝에 있다

꿈꿀 공간이 우리를 짓누른다면 잠들 수 없을 거야
흐르고 떨어지는 동안만 가능해지는 추상
순간을 전제로만 가능한 선명함
눈앞의 손을 보는 동안
흐릿한 배경에 불과해지는 바깥

¶

얼버무려진 것의 아름다움
딱 그만큼의 추상이 우리를 잠들게 한다
우리를 껴안게 한다
서로에게 아무렇게나 기대어 시간을 바라보게 한다

구멍을 수선하는 일이 유리만이 가질 수 있는 재능이라면
창문은 수선된 손상이고 바깥과 결탁한 구멍이다
물방울은 외부의 풍경을 요약한다
손가락은 물이 방향을 가질 수 있도록 한다

부드러운 테두리를 넘어 다니며
부드러운 움직임을 배우며
일시적인 요약을 깨뜨리는 손

안팎이 맺은 관계란 얼마나 연약한 것인지
얼마나 밀접한 거리인지
우리는 다 보이는 채로만 아늑함을 느낄 수 있었지
유리로 만든 동굴 안에 앉아
겁에 질리지 않고 표면에 기댄 채
오랫동안 다른 표면을 볼 수 있었지

기억은 표면을 사랑하기 때문에
얼굴은 추상이 되지 못한다

너는 새 손과 함께 있고
물기의 차가움을 분명하게 느낀다
씻은 손의 물기가 창밖에 관여한다

창밖은 흘러간다

1. 데이비드 린치의 인터뷰에서 발췌함.

「깨끗하게 씻은 추상」을 위한 메모 또는 씻은 손 일지

2023. 5. 22. / 13:18 / 25°C 대체로 맑음

물방울은 무엇을 향해 기우는지. 자신을 끌어당기는 힘을 향해 기우는 것도 일종의 방향을 갖는 일이라고 할 수 있을까. 창가에 둔 젖은 손은 사물처럼 보인다. 잘 씻기고 닦고 말려 해가 잘 드는 창가에 올려두면 아무렇게나 자라는 것. 제멋대로 자라는 것처럼 보이지만 무엇을 따름으로써만 방향성을 가질 수 있는 것.

2023. 5. 25. / 12:19 / 25°C 대체로 맑음

창문은 빛을 위한 구멍인가, 풍경을 위한 액자인가, 벽의 존재를 증언하는 사물인가. 오늘 같은 날씨가 창밖에 있다면 누구라도 창문에 시선을 빼앗길 것이다. 이런 날씨를 벽 너머에 두고 있다면 누구라도 창문을 필요로 할 것이다. 창가에서 렌즈를 통해 씻은 손을 바라보는 일은 손끝에 매달린 채 주변을 흡수하며 덩어리를 이루는, 소멸하는, 중력을 거절하지 않는, 손가락의 미세한 움직임에 복종하는, 빛과 풍경을 모아두는 사물로서의 물방울을 눈을 바싹

들이댄 채로 바라보는 일이다. 시간을 잘게 잘게 부수어 눈을 위해 사용하듯이. 영원 같은 변화 속에서.

2023. 5. 26, / 16:03 / 25°C 약간 흐림

얇은 막 너머에 미량의 빛이 있는 듯한 날씨. 창문에 닿을 듯한 기세로 녹색을 뻗고 있는 은행잎들 사이를 통과하기에는 너무 미미한 빛. 씻은 손은 렌즈를 사이에 두고 몸과 분리하듯이 가까이서 바라볼 수 있다. 손의 윤곽을 따라, 흐르는 물기를 따라, 뚝뚝 떨어지는 물방울들을 따라 가변적인 테두리를 그려내는 미미한 빛이 여전히 있다. 뷰파인더 역시 일종의 창문으로 기능한다. 그리고 이중의 창 너머 손의 배경이 되는 바깥의 풍경. 이 풍경은 창문 없이 존재하는 것과 같지만 완전히 동일하지는 않은 것으로 바깥을 보여준다. 이 미세한 가변성에 어떤 영속이 붙어 있다는 생각. 이 변화가 어떤 영구함을 지켜주고 있다는 생각.

2023. 5. 27. / 22:40 / 18°C 비

해가 완전히 졌지만 창밖에는 어둠이 없다. 작은 불빛들이 빠르게 움직이며 어둠을 삭제한다. 창문은 종일 내린 비 때문에 푹 젖어 있지만 물에 담겼다 나온 것답게 지치고 축축하고 추위에 떠는 행색은 아니다. 명료한 형태의 빗방울들. 그러나 굴러떨어지고 뭉치고 새로 맺힌 물방울들과 합쳐지며 매 순간 형태를 바꾸는, 가변적인

명료함. 창문은 여전히 단단하고 생기 있다. 바깥의 비를
분리하는 사물로서, 두터운 막으로, 투명하게 거기 있다.
잠깐 물에 닿았을 뿐인 손의 피로하고 젖은 행색과 많은 비.
많은 물. 많은 어둠. 많은 불빛 사이를 투명하게 가로지르며.

2023. 5. 28. / 14:45 / 21°C 비

이틀째 쉴 새 없이 비가 내린다. 가까운 나무가 만드는
녹색 창 앞의 손. 피부 아래로 비치는 혈관들이 창문과
닮아 보이는 날씨. 피부 위로 맺힌 물방울들이 표면의
일부였다가 표면에서 분리되는 장면, 젖은 피부로 스며드는
차갑고 축축한 촉감에서 이 피부가 나라는 살덩이의
표피임을 느낀다. 손가락은 물방울에게 방향을 줄 수 있을
만큼 섬세하게 움직일 수 있다. 은행잎에 얹힌 물방울들은
유리처럼 부동 상태에 있는 것처럼 보인다.

2023. 5. 29. / 18:40 / 27°C 맑음

비가 그친 후의 놀랍도록 깨끗하고 맑은 날씨 덕분에 뿌연
창문 너머의 풍경이, 창문에 낀 먼지의 겹을 통과하는
빛이 낯선 질감으로 번진다. 씻은 손을 따라 흐르는 습기
역시 더 분명하고 깨끗하게 윤곽을 획득하며 빛난다.
빛을 보여주기 위해 존재하는 맨살들처럼. 빛에 살갗을 주기
위해 빚어진 피부처럼. 손에 피부를 주기 위해 존재하는 것
같은 빛이 창의 내부로 틈입한다.

2023. 6. 1. / 14:37 / 25°C 대체로 맑음

손으로 씻은 몸에 손으로 옷을 입히고 손으로 문을 닫고 손으로 가방을 들고 손으로 문을 닫고 손으로 문을 열어 손으로 손을 씻는다. 손을 씻기는 손의 움직임은 너무나 정교하고 손가락 뼈가 움직이는 방식은 어딘지 위태롭게 느껴질 만큼 섬세하다. 그렇게 움직이는 뼈마디 하나하나가 얇고 부드러운 살갗 아래로 드러내는 윤곽. 생각하면 얼마간의 애틋함, 또 얼마간의 징그럽다는 느낌이 동반된다. 이렇게 오랫동안 씻은 손, 젖은 손을 보고 있으면 그것이 손끝에 매달린 물기만큼이나 미약한 것으로 느껴져 이상하다.

2023. 6. 7. / 18:03 / 24°C 흐림

손은 축축하다.

씻은 손은 축축하고 부드럽다.

축축한 손은 부드럽다.

축축한 손은 일반적으로 차갑다.

축축한 손은 물기 어린 손이다.

축축한 손의 물기는 살과 다른 물질이다.

물기의 표면은 투명하고 광택이 있다.

광택이 있는 표면은 외부를 반영한다.

물방울은 일종의 구다.

구는 외부의 풍경을 요약한다.

투명한 구는 풍경을 뒤집어서 가둔다.
간힌 풍경은 일시적이다.

2023. 6. 10. / 19:50 / 20℃ 흐림

재가 섞인 물처럼 번지듯 밀려오는 밤의 푸른빛. 이 푸른빛 앞에서는 손이 유난히 붉고 피와 살로 이루어진 물질이라는 것이 분명하게 느껴진다. 물기가 말라가는 시간. 물방울이 구르고 손끝에 매달리고 그것이 멈춘 것처럼 보이는 이상한 시간. 어스름한 바깥에 남아 있는 일말의 환함이 손끝의 물방울에 갇히는 시간.

2023. 6. 23. / 21:43 / 24℃ 대체로 맑음

창문에서 중요한 것은 밖을 내다볼 수 있다는 전망인가. 안을 들여다볼 수 있는 관망인가. 아니면 내부의 어둠을 무너뜨리는 빛의 침입인가. 외부의 어둠을 반사하는 거울성인가. 내부를 보호하고 있다는, 보호받는 내부가 되었다는 감각인가. 외부와 단절되어 있다는 감각인가. 시각을 통해 외부와 연결되어 있다는 감각인가. 창문이 창문이게 되는 순간은 벽에 뚫린 공간이 생기는, 벽이 손상되는 순간인가. 아니면 그 손상이 유리로 수선되는 순간인가. 소음들은 한순간도 같지 않으면서 매일 비슷하고 창밖은 언제나 씻은 손의 씻김을 침범한다.

2023. 6. 29. / 15:22 / 25°C 비

소리와 유리에 맺힌 물방울의 이미지로만 자신의 존재를 증언하는 비. 젖은 외피 안에 담긴 공간이, 습기를 주렁주렁 매단 투명한 껍질 내부가 이렇게나 물과 무관할 수 있다는 일이 주는 안도와 부드러운 충격. 손의 윤곽을 그리며 흘러내리고 뭉치고 몸집을 키웠다가 이내 사라지는 물방울들은 외부와 연결된 것 같다. 바깥의 물기를 증언하는 것 같다.

2023. 7. 31. / 16:01 / 27°C 흐림

창문에 포개진 창문 앞의 손, 손에 깃든 피로를 본다. 무디고 더딘 손. 가위에 눌린 사람이 한 마디 한 마디 조심스럽게 움직이는 손가락을 생각한다. 이런 혼란 이런 피로 속에서도 움직이는 손. 내 몸의 움직임이 아닌 것이 내 몸에 움직임을 돌려주는 것 같은 이상한 감각. 손은 자신이 귀신이라는 것을 수치스러워하는 귀신처럼, 인간의 몸을 빌린 채로 얼마간의 죄책감을 느끼는 귀신처럼 자신이 입은 외피를 어색해하며 움직인다. 작게, 가늘게, 섬세하게, 조심스럽게. 순간을 버리며. 순간을 향하며.

2023. 8. 2. / 16:07 / 30°C 흐림

창문 안쪽에서 보는 날씨에는 더위가 없다. 실내의 시원하고 산뜻한 공기는 바깥의 더위에 저항하지 않는다. 창문은 안과 밖이 관계 맺는 방식을 재설정한다. 렌즈 안에서, 바깥이

어둠을 획득할수록 실내는 밝음을 획득한다. 젖은 채로 움직이는 손. 손의 물기들. 손을 움직일수록 물방울들은 고정되는 현재로부터 빠르게, 적극적으로 달아난다. 물방울 내부의 바깥이, 빛의 얼굴이 순간을 더 짧은 순간으로 쪼개며 변하는 시간이다. 곧 완전히 해가 질 것이다. 바깥의 어둠 덕분에 그림자처럼 보이는 손은 다시 피부를 되찾을 것이다.

2023. 8. 3. / 15:55 / 29°C 흐림

카메라의 접사 모드는 아주 밀접한 근경으로 선택된 사물을 제외한 모든 것을 추상으로 만든다. 손을 제외한 모든 것이 추상이 되는 장면. 그러나 너무 가까운 사물 역시 형태 대신 표면만 남은 추상에 가까워지므로 결국 남겨진 장면에는 서로 다른 추상인 원경과 근경이 존재한다. 윤곽이 허물어지고 사물에 가닿는 빛의 파동만 남겨진 추상. 윤곽과 표면의 선명도를 올릴 때 소실되는 질료. 일종의 그림자로, 추상적인 덩어리로 남겨진 손의 내부에서 정밀하게 움직이는 뼈들이 있다. 그리고 움직임을 따르는 물방울들이.

2023. 8. 8. / 14:27 / 32°C 대체로 맑음

물기 어린 이미지는 물소리와 쉽게 엉킨다. 서로에게 엉겨 붙고 뭉친다. 빗소리. 파도 소리. 수전에서 뚝뚝 떨어지는 물 소리. 해수욕장의 소음들. 어떻게 어긋나 있는 소리를

던져두어도, 물의 소리와 물의 이미지는 간격과 어긋남을 포함한 채로 서로를 껴안는다. 금 간 채로 하나인 것의 아름다움.

새 손으로

사방이 뚫린, 넓게 펼쳐진 공간. 모든 곳이 출구이고, 문이
없고, 벽이 없고, 기둥이 없고, 구획이 없고, 안팎이 없어
어쩐지 공간이라고 부르기를 저어하게 되는 널따란 지면에
서 있는 사람을 상상해보면 그이의 뒷모습은 아무래도
무언가를 전망하는 사람 같진 않다. "넓고 먼 곳을 멀리
바라봄"이라는 '전망'의 사전적 의미를 거의 정확하게
수행하고 있음에도. 그이의 시선이 가없는 먼 곳까지
던져지고 있음에도. 그이의 발바닥이 접한 지면은 발의
주변을 둘러싼 풀들의 머리통 아래 파묻혀 있지만
그이의 시선에는 벽이 없고 벽이 없으므로 너머를 보려는
욕구도 없다.

　　벽이 부재한다는 것은 창문을 필요로 할 욕망의
주체도 부재한다는 뜻이다. 몸을 살짝 돌리는 것만으로도
시력이 허락하는 범위까지 멀리 바라볼 수 있음에도
전망을 갖지 못한 그이는 전망을 갖기 위해 무엇을 할 수
있을까. 무너뜨리거나 창문을 낼 벽이 애초에 없을 때, 훤히
뻗어나가는 시선이 막연함이 되어 돌아오거나 돌아오지

않을 때 우리는 어떤 전망을 가질 수 있을까. 어떤 방식으로 전망을 획득하려 할까.

사방이 출구인 장소란 결국 같은 미로를 복제해 방향만 돌려 포갠 것처럼 아무리 멀리 가도 끝없이 맴돌게 되는 시선일지도 모른다. 벽을 무너뜨리기는 쉽다. 제약과 방해는 전망이 필요로 하는 조건이다. 창문 너머로, 유리 너머로, 높이를 발아래 두고, 잠깐 엿보듯이, 멀리 보는 먼 곳만이 전망이 될 수 있다. 유리에 달라붙은 먼지나 물 자국과 함께. 등 뒤로 펼쳐진 풍경의 방해를 받으며. 보이는 것을 향해 달려나갈 수 없는 지면 위에서. 걸음과 함께 주어질 허공을 두고. 전망은 '펼 전(展)'과 '바랄 망(望)'으로 이루어진 단어다. 펼쳐진 것을 바람. 바람을 펼침. 바라는 것이 펼쳐짐. 이미 먼 곳을 멀리 바라보는 일은 이런 것일까. 그 바라봄의 시선과 동작이 무엇을 바라는 인간의 마음과 붙어 있다는 것이 이상하고 좋다.

전망을 내기 위해서는 벽이 필요하고 벽을 뚫거나 부수는 동작이 필요하고 깨끗한 유리가 필요하고 눈이 필요하고 때로는 눈을 보좌할 렌즈가 필요하고 날씨의 도움이, 주변 환경보다 높은 지반이 필요하다. 전망을 버리기 위해서는 두 손이면 충분하다. 손을 들어 올려 얼굴로 가져가세요. 손이라는 이상한 정물에 가로막힌 시선. 손이라는 조그맣고 연약한 물질이 넓고 먼 풍경을 삭제한다.

손이라는 이상한 정물. 강한 빛과 포개어두면

반투명한 물질로 보일 만큼 얇은 피부와 살점으로 감싸인
가느다란 뼛조각들. 그 연약함이 어처구니가 없고 그
연약함 때문에 조바심이 날 정도로 위태로운 정물. 무엇이든
복원하려는 본능을 내재한 것처럼 움직이는 정물. 부서진
물질을 올려두는 것만으로도 그것을 복원하는 다음 장면을
만들어내는 정물. 손이 내포한 연약함이 손안의 것들을
세상 모든 것으로부터 안전하게 감싼다.

손바닥을 펼쳐 다 보이는 곳에 두는 것도 사랑을 보여주는
　　한 방법이고
도저히 펼칠 수 없는 손안에 든 것을 대신 봐주는 것도
　　사랑을 보여주는 한 방법이라면

무엇을 얼마나 볼 수 있건 없건 우리는 만날 수 있고 서로의
얼굴을 향해 시선을 던질 수 있고 던진 시선이 얼굴을
넓히고 얼굴 깊숙이에 먼 곳을 만든다. 먼 곳을 멀리 보면서
서로의 너저분하고 단단한 손끝에 닿을 수 있다는 사실이
우리를 안심시킨다. 이것이 믿고 말고와 관계없이 그냥 있는
사실이라는 것이. 내가 입고 있는 흰옷은 언제나 흰옷이
아니게 된다는 사실이 마음에 든다. 그런데도 이것을
흰옷이라고 쓸 수밖에 없다는 것이. 우리가 본다는 일과
엉망으로 뒤엉켜 너저분한 전망만을 가질 수 있다는 것이.
그것만을 전망이라고 쓸 수 있다는 사실이.

그이는 이제 두 손을 이불 밖으로 내민 채 깨끗한 잠에
　　파묻혀 있다.
잠든 사람의 시선은 가늘게 떨리는 얇은 피부로 덮여 있다.
그것은 희끗하게 핏줄을 비추며 전망을 덮고 있다.
작고 얇고 미약한 움직임, 다섯 개의 손가락이면 망치기에
　　충분할 부드러운 물성.
그 부드러움이 요구하는 한순간의 누락도 없는 시선.
아주 조그마한 운동성 때문에 눈꺼풀은 먼지도 쌓이지 않을
　　만큼의 시간 동안만 세계와 접한다.
같은 몸에 속한 두 손은 무엇이든 복원하는 다음 장면을
　　만들어낼 것처럼 오목하게 펼쳐져 있다.
보고 있노라면 올라가 벌렁 드러누워버리고 싶어지는
　　손이다.
얼굴이 부서진다면 손안에 올려두면 그만이겠지.
손에 무엇을 올려두는 일에 늘 신중해야 한다.
무엇이든 얼기설기 잇고 뭉쳐서 복원하는 것이 손의
　　본성이라면
손 위에 드러눕고 싶은 것은 부서진 것의 본성이다.
그이의 얼굴로 시선을 던진다.
얼굴은 넓게 멀리 펼쳐진다.
얼굴을 멀리 바라본다.
전망이 어른거린다.
이 전망에 집어삼켜진 채로 유일한 잠 같은 아늑함을
　　느낀다.

새 얼굴로

사물은 그것을 바라보는 살아 있는 시선이 사라지면 죽는다.
그리고 우리가 사라지면 우리의 사물은 우리가 검은 것들을
보내는 장소인 박물관에 갇히게 될 것이다.[1]

언젠가 나는 얼굴 너머의 신체를 모두 소거한 조각들,
그러니까 얼굴들로 가득한 전시실에 있었다. 그것들은
몸 없는 얼굴, 몸의 부재를 망각하게 하는 얼굴이었다.
몸으로부터 떨어져 나오거나 분리되었다는 인상을 주지
않는 얼굴, 얼굴이란 처음부터 단지 얼굴로서만 존재했던
것이라고 생각하게 만드는 얼굴, 얼굴 자체로 완결된
양식의 얼굴. 차갑게 살아 있는 흙덩이인 그 얼굴들은 나와
마주 보는 동시에 나의 시선을 폐기하고 있었다. 시선은
얼굴의 표면에서 미끄러지고, 그 미끄러짐이 얼굴을 씻기고
있는 것처럼 볼수록 그 표면이 가진 세부들이 선명하게
드러났다. 아무런 기호도 아니고 어떤 의미도 없는
형상으로서의 세부들. 응결된 표정들. 교환되지 않는, 서로
얽힐 리 없는 시선들의 마주 보기. 얼굴이라는 물질을
그렇게 씻기듯 바라보기란 불가능한 일이었다. 뼈와 살과

피부와 체온으로 이루어진 인간의 얼굴은 눈을 감고 있어도, 나를 보지 않아도 눈앞에 놓인 것만으로 눈과 눈이 뒤엉킨 시선 뭉치가 되어버린다. 우리는 서로의 얼굴을 볼 수 없다. 마주 보는 얼굴 앞에서 우리의 보기는 발생하는 즉시 해석을 향해 기울어지고, 전달될 기호를 생성하는 복잡한 운동이 된다.

언젠가 나는 극장에서, 70미터가 넘는 깊이의 동굴을 탐험하는 과정을 기록한 영화를 보고 있었다. 극장은 동굴과 같은 양식을 공유하는 장소다. 극장 바깥의 세계에서는 체험하기 어려운 캄캄함이 도사리고 있고, 수평이 아닌 다른 방향의 움직임을 꿈꾸게 되며, 시간은 그 공간 안에서만 작동하는 운동 방식을 갖는, 보이지 않는 출구에 대한 믿음 혹은 앎이 호위하는 공간. 암흑으로 구성된 세계. 어둠의 공간화. 그리고 동굴에서 마주 보는 두 사람, 헤드랜턴을 쓴 두 개의 머리, 두 얼굴은 서로의 얼굴을 은폐하며 광원이 된다. 헤드랜턴이 비추는 범위 바깥은 모두 암흑이라는 추상이다. 두 사람은 둘 사이의 간격만을 볼 수 있는 세계로 둔다. 여분의 세계는 헤드랜턴 뒤쪽의 어둠에 안전하게 잠겨 잊힌다. 적당한 거리를 유지하며 걷던 두 사람이 서로를 마주 볼 때, 둘의 마주 봄이 공간을 켤 때 어둠은 깨지고 추상은 흩어지며 구체를 드러낸다. 옆을 돌아보자 스크린 내부에서 켜진 빛이 공간을 유출하며 잠든 얼굴의 윤곽을 비추고 있었다.

서성이는 발과 응시하는 눈이 모두 떠나고 불 꺼진 전시장의 얼굴들을, 얼굴의 둘레와 그 바깥을 생각한다. 얼굴을 광원 삼는다면, 마주 봄이 공간을 켠다면 우리는 그 공간에 놓인 것들을 더듬으며 우리의 눈을 잠시 버릴 수 있을 것 같다.
전시장을 나오자 밖은 너무 환했다. 극장을 나왔을 때에도. 보이는 것이 참 많았다. 어디로 돌아가야 할지 알 수 없었다. 돌아가는 방법. 돌아갈 자리. 거소. 거소와 세계 사이의 관계, 간격, 통행로. 그런 걸 잊어버리면 발바닥이 접하는 지면이 물컹거리기 시작한다. 발견되지 않기 위해 잊지 않는 법을, 잊지 않기 위해 모든 것을 쌓아둘 환하고 단단한 지반을 잃어버리게 된다.

1. 알랭 레네 · 크리스 마커 · 기슬랭 클로케 감독의 영화 〈Statues Also Die〉 (1953)의 내레이션.

투명도 혼합 공간

빛과 풍경은 같은 글자를, 사람의 머리 위에서 빛나는 불의 형상을 본뜬 한자를 공유한다. 관광(觀光)은 빛을 보는 일. 빛이 비추는 사물이 아니라 빛 자체를 보려는 일. 그리고 빛을 보며, 빛을 따라 하염없이 걷는 관광객들. 빛을 보는 일과 풍경을 보는 일은 얼마나 같고 또 얼마나 다를까. 사물이 빛을 필요로 하듯 빛도 사물을 필요로 할까. 귀신처럼, 유령처럼 모습을 드러내기 위해 빌릴 몸이 필요할까. 우리는 보이지 않는 것을 보려 하기를 멈출 수 있을까.

¶

폭우와 폭염이 반복되는 여름. 지독한 날씨라고 말해보지만 날씨에겐 의도가 없다. 모두 다른 창문 너머 같은 빛을 보고 있는 사람들. 광원의 의도를 보려 하자 보이는 것이 없었다.

¶

안팎을 동시에 보게 하는, 안팎을 뒤섞는, 바깥이 있다는 믿음을 주는 창문. 창밖에는 드문드문 불 켜진 이웃의 창문에서 새어 나오는 빛으로 수놓인 어둠이, 창문 안쪽의 풍경과 포개진 어둠이 있다. 어둠을 본 적 없는 사람이 상상한 이미지가 있다면 그보다는 너무 환한 어둠이, 언제나 수많은 창문과 전등이 켜질 가능성에 방해받는 어둠이.

¶

아무것도 식별할 수 없는, 시각을 무용하게 하는, 모든 것을 투명하게 지우는 어둠. 구조 없는 공간을 만드는 어둠. 도시에서 나고 자란 내가 이런 어둠을 본 적이 있었나. 극장에서 장면 전환이 이뤄지는 찰나의 순간? 하지만 눈은 빛을 찾아내고, 어둠 속에서도 최소한의 빛을 요구하는 것에 익숙하다. 상영관 구석에서 작게 빛나는 비상구 불빛만으로도 어둠의 일부를 지워낼 수 있다. 어둠을 망칠 수 있다.

¶

빛이 작고 구체적인 단어로 느껴지는 것 역시 평생 도시를 떠나 살아본 적 없기 때문일까. 크기를 가늠할 수 있고 광원의 위치를 확인할 수 있는 빛, 사고팔 수도, 끄고 켤 수도 있는 빛이 어디에나 있기 때문일까. 유령처럼 나타나는, 귀신처럼 의도를 가질 수도 있는, 언제나 우리를 따라붙는 빛에서 벗어나기 어렵기 때문일까. 하루는 저물지 않고 저물지 않는 하루 다음의 내일은, 내일 다음의 미래는 상상하기 어렵다. 눈을 감아도 눈꺼풀 안쪽에 끈끈하게 들러붙는 빛.

¶

눈꺼풀 안쪽에 들러붙어 떠나지 않는 이미지가 있어. 가장 아름다운 정원을 꾸미겠다는 열망에 사로잡힌 데다 마침 이 열망을 실현할 가능성까지 가진 사람의 정원. 그는 세계 곳곳을 다니며 몇 세기를 살아온 튼튼하고 아름다운 나무를 고르지. 몇십 미터는 족히 뻗어 있는 뿌리와 주변의 흙까지 함께 뽑아낸 나무를 배로 옮기는 장면은 작은 섬이 움직이는 것처럼 보여. 이렇게 모인 온갖 수종의 거대한 나무들. 미적으로 완벽한 간격을 유지하는 나무 사이로, 말끔하게 손질된 잔디와 한 점도 허투루 배치된 것 없는 것 같은 이끼 위로 늦은 오후의 황금빛이 쏟아지는 정원. 정원사들은 말끔한 곡선을 그리는 오솔길을 따라 천천히 움직이고, 스프링클러에서 쏟아지는 물방울은 반짝거려. 아름다움을 느낄 수밖에 없도록 설계된 정원의 이미지. 아름다웠어. 아름답다고 느끼지 않을 도리가 없었지, 무섭도록.

¶

아름다운 장면이 모두 사라지고, 아름답다는 느낌도 사라지고, 아름답다는 말도 사라진 자리에서 다시 시작하고 싶다. 정말로 없다고 생각하는 것을 무서워할 수는 없는 법이니까.

¶

완전한 어둠을 상상해보려 한다. 눈을 감고 기다려도 어둠은 오질 않고, 도처에 가득한 빛이 우리의 윤곽을 뭉갠다. '과다 노출된 사진처럼' 그랬다고 쓴다면 누구나 이 장면을 쉽게 상상할 수 있겠지. 아름다운 이미지 말고 아름다움을 떠올려보려 한다. 기억해내려 한다. 너는 아무것도 기억해내지 못할 거야, 어떤 생각도 떠올리지 못할 거야. '아름답다'로 검색해서 나오는 이미지를 모조리 믿어볼 수나 있겠니? 누군가가 말해주는 꿈을 꾸었다. 미래에서 온 사람 같았다.

¶

잠에서 깨 꿈은 꿈일 뿐이라는 대답을 돌려주었다.

유리의 부드러운 의지

유리 상태

물질로서의 우리를 이해하기 위해서는 투명성을 설명할 필요가 있다고 생각했다. 우리는 물가에서, 유리창 앞에서, 유리컵에 여러 종류의 액체를 따르며, 투명한 플라스틱 의자에 앉아 오랫동안 거듭 이야기를 나누었고 수없이 많은 참고 문헌을 살폈다. 그러고 투명성이란 관계 안에서만 발생할 수 있는 성질이므로, 투명한 물질이란 관계로서만 존재하는 것이므로 단 한 겹의 설명은 불가능하다는 결론에 이르렀다. 깨끗한 언어로 투명성을 설명하는 대신, 단단하고 투명한 껍질 안에 투명성을 부연하는 말들을 욱여넣고 보관하는 대신 우리는 투명성이 맺고 있는 관계들을 관찰하고 싶었다. 여러 겹의 너덜거리는 견본집 혹은 지문으로 얼룩덜룩한 반투명한 상자 같은 것을 만들고 싶었다. 이를 위한 방법으로 투명성에 대한 기억, 경험, 관계를 묻는 인터뷰를 진행했다. 그중 몇 가지 답변을 여기 옮겨둔다.

가변 영원

투명성은 물질의 형태로 응고된 체험입니다. 도무지 고정되지 않는 배치입니다. 자연을 배반하는 동시에 자연을 비추고, 서로를 상호 반사함으로써 자연성을 재현하는 물질입니다. 일반적으로 자연물이 생성되는 방식으로 만들어지지 않는 물질이라는 점에서 자연을 배반하지만, 언제나 알 수 없는 자리를 내포하고 있는 것이 자연성이라고 본다면 투명한 물질이란 자연성의 기호 같은 것이기도 하지요. 관계 안에서만 존립 가능한 물질이자 관계의 내외부로서, 위치한 자리에서 생성되는 모든 관계를 비추는 물질이라는 점에서도 그렇고요. 언제나 변화를 선택한다는 것, 변화를 품고 있다는 것, 그리고 자신이 선택한 변화를 통과해나가는 방식으로 시간을 겪지 않는다는 점 역시 중요합니다. 아, 사실 제가 투명이라는 말을 자꾸 유리라는 물질과 동일시하고 있다는 점을 이쯤에서 밝혀야 할 것 같군요. 저도 방금 깨달은 사실입니다.

투명함이 비가시성을 버리는 순간은 언제나 자신 바깥의 세계와 중첩을 이루는 표면이 될 때인 것처럼, 유리 역시 무질서한 구조의 고체와 과냉각된 상태의 액체라는 중첩을 품고 있습니다. 유리는 완전히 이해할 수도, 설명할 수도 없는 물질입니다. 미지와 불확정의 영역에 머무는 채로 우리에게 모습을 드러내는 투명성입니다. 간섭당하는 외부나 가변적인 내부를 통해서만, 비결정적인 중첩을 통해서만 물질로 존재하는 것입니다. 이것은 은유가 아닙니다. 유리가 물처럼 자신이 담기는 장소에 따라 형태를 바꾸지 않는 이유를, 비결정질 상태에 머무는 동시에 거의 움직이지 않는 입자를 가질 수 있는 이유를 인간은 아직 밝히지 못했어요. 액체로 보이지만 고체로 존재하는 유리의 원자구조는 물질 상태의 기본 법칙에서 예외입니다. 유리 전이 과정은 물리학의 미해결 난제 중 하나라고들 하지요.

'투명하다'를 '보이지 않는다'와 같은 동사구로 두지 않기 위해서는 투명한 표면을 영원한 가변성의 상태에 놓아두어야 합니다. 빛과 다른 물질을 향해 개방해야 하지요. 투명한 표면은 시각적 대상이 되기 위해 다른 물질과의 관계를, 시간이라는 조건을 요구합니다. 투명함이란 어떤 식으로든 보이지 않게 되는 물리적 조건이지만, 놓인 장소와 관계 맺음으로써 스스로의 일부를 감추고 일부를 드러내는, 주변부와의 관계를 가시화하는 매개이기도 합니다. 투명성은, 유리는, 특히 유리의 투명성은 변화 안에서만 존재하며 변화와 함께 영속합니다. 투명성이 겪는 변화는 대상 자체를 위협하지 않아요. 오히려 보호하지요.

언젠가 심해 생물을 다루는 책에서 유리 문어에 관한 문헌을 읽었습니다. 유리 문어가 '유리' 문어인 이유는 온몸이 투명하기 때문입니다. 특별히 잘 깨지거나, 단단하거나, 섭씨 1,400도 이상의 온도에서는 액체가 되거나, 액체도 고체도 아닌 물질이기 때문이 아니라요. 유리 문어는 스스로를 보호하기 위해 투명성을 택했습니다. 아시겠지만, 빛이 없는 곳에서 투명함은 보이지 않음과 거의 완벽하게 등가교환 가능한 속성이 됩니다. 천천히 움직이는 유리 문어의 표면에는 아무것도 반사되지 않습니다. 유리 문어의 직사각형 안구나 시신경, 소화관처럼 투명성에서 벗어난 내부 역시 오직 어둠만이 지나갈 수 있는 공간에 놓인 투명한 피부의 안쪽에서는 어렴풋하게 꿈틀대는 어둠이 될 뿐입니다. 그들이 가진 투명성이란 투명함의 안쪽을 들여다보거나, 투명한 표면에 어른거리는 풍경을 감상하거나, 이 모든 것에 매혹되며 제 앞을 배회하는 우리를 비추는 지상의 투명함과는 다르지요. 유리 문어의 투명성은 비가시성으로 존재하며 그들은 이 조건을 통해 생존합니다.

지금 저는 햇빛이 잘 드는 하얗고 텅 빈 공간에 놓인 거대한 유리 조각 앞에 있습니다. 이것은 아주 투명한 동시에 아주 잘 보입니다. 투명한 유리의 위태로움은 우리를 안심시킵니다. 이토록 거대하고 묵직하며 속을 다 내보이는 동시에 불가해함을 안고 있는 것. 우리의 얼굴과 우리의 등 뒤를 동시에 보여주는 것. 이 단단한 고체가 사실은 잠시 과냉각된 상태의 액체에 불과하기도 하다는 사실이 말입니다.

이것은 잠시 스스로의 형상을 선택한 물처럼 보이기도 합니다. 잠시, 잠시라는 말이 이상하군요. 그러나 유리에게 부여한 이 '잠시'라는 시간성을 번복하고 싶지는 않습니다. 유리를 얼어붙게 할 정도의 온도는 이 세계에서 저의 몸보다 오래 유지될 조건임이 분명하지만, 그럼에도 '잠시' 머무는 것처럼 느껴집니다.

이 표면이 덧입는 이미지가 끝없이 유동하는 변화의 반영이라는 것만으로도 저는 이것을 아주 짧은 영원처럼 감각하게 되는군요. 유리의 투명성이 겪는 시간이란 오직 현재뿐인 것 같기 때문일지도 모르겠습니다. 현재라는 시간 자체가 일종의 환상이라 할지라도 투명한 표면은 빛 앞에서 이것을 잠시 실재하는 것으로 붙잡고 어른거리는 형상으로, 시각적 대상으로 만듭니다.

이것은 거대한 물웅덩이처럼 보이기도 합니다. 물질이 아니라 다른 것들과의 관계에 따라 정체성이 결정되는, 영원한 관계의 한 형태. 대략 4,000킬로그램의 무게에도 불구하고 거의 비물질처럼 느껴지는 것. 미확정의 시간 안에서 출렁이는 외피를 가진 것.

손으로 힘껏 밀어보지만 미동이 없습니다. 주먹으로 내려쳐보지만 깨지지 않습니다. 표면 안으로 손이 빠지지도 않습니다. 내외부가 완전히 달라붙어 있는 상태의 이 몸이, 이 표면이라는 환상이 우리를 위험한 환상으로부터 지켜주는 것 같습니다. 이 물체의 역사에 액체로 존재했던 시간이 있다는 것, 지금도 과냉각된 상태의 액체에 불과하다는 것, 말랑말랑한 반고체의 몸을 지녔던 적이 있다는 것을 믿을 수 없습니다.

투명한 표면이란 불투명성을 담보하고 있는 것이지요. 어떤 순간에도 훼손되지 않는 투명함은 불가능합니다. 투명한 물질은 그것의 안에 무엇이 들어 있느냐는 질문으로부터, 그것의 주변에 무엇이 존재하느냐는 질문으로부터 벗어날 수 없습니다. 자기 자신의 중첩으로부터도 벗어날 수 없죠. 비어 있지 않은, 그러나 다른 물질에게 공간을 내어준 적도 없는 투명한 껍질을 보는 일은 매우 드물 겁니다. 투명한 물질에는 빈터가 없습니다. 언제나 무언가로 채워질 것이라는 가능성으로서의 물질. 한없이 개방된 내부란 결국 빈터 없이 우글거리는 공간이기도 합니다. 아무 내용도 없는 내부, 정말로 아무런 내부도 없기 때문에 무언가를 위한 자리로서만 존재하는 것. 단지 윤곽으로만 존재하는 개체.

그러나 제 앞의 이 거대한 유리 조각에는 외부와 구분되는 내부라는 것이 없습니다. 투명하게 들여다보이는 이것의 내부는 외부를 이루는 물질의 연속일 뿐입니다. 이 안에는 뭐가 들어 있어요? 제 옆에서 까치발을 들고 조각의 안쪽을 들여다보기 위해 애쓰던 어린이가 묻지만, 뭐라고 대답해야 할지 알 수 없습니다. 투명성을 결정하는 것은 표면의 일이지만, 투명성을 유지하는 것은 내부의 일이니까요. 물론 투명한 컵은 내부의 물질에 의해 투명성이 손상된다 하더라도 여전히 투명한 컵이라고 불릴 겁니다. 그러나 피부 없이 몸 자체로 과냉각된 덩어리라면, 공간을 내포하지 않은 껍질이라면, 스스로 형상을 구축하는 액체라면…… 유리의 안쪽에는 당신이 보는 바로 그 표면이 있다는 것을, 투명성이 껍질에 부여되는 속성이라는 환상을 깨는, 투명함에 대한 이 역설을 어떻게 설명할 수 있을까요.

이런 고민을 하는 동안에도 제 눈앞의 물질은 시간의 미세한 진동이나 사소한 동작까지 놓치지 않는 표면이 되어주고 있군요. 단지 무언가의 반영이 되기 위해 존재하는 것 같은 표면. 내부 없는 피부. 아주 느리게 움직이는 내부를 대신해 시간의 모든 떨림에 반응하며, 유동하며 촘촘한 변화를 수행하는 표면.

이것은 우리를 붙잡아둡니다. 우리를 멈추게 합니다. 시간에 작고 가느다란 축을 세우고, 그곳에 맺혀 있는 물방울 같은 존재로 우리를 재구성합니다. 우리의 시간에 작은 금을 내 우리를 걸려 넘어지게 만들고, 우리가 넘어진 공간을 점차 넓게 벌려둡니다. 사랑이 시간을 다루는 방식과 비슷하게요. 투명성은 언제나 우리를 무와 무한 사이에 혼란스럽게 풀어놓지요. 우리는 투명성 덕분에 아무것도 없음과 무한한 있음 사이의 틈새에서, 우리가 겪는 짧은 영원 동안 배회하며 발자국을 남기고 있는지도 모르겠습니다.

이 투명하고 거대한 물질은 자신이 겪는, 자신에게 벌어지는, 매 순간 새로운 실현을 감당하고 있습니다. 제 눈앞의 물질을 이루는 입자들은 어색하게 이 세계의 온도를 감당하며 잠시 정지한, 매끈하고 투명한 윤곽이 되어 있군요. 잠시 스스로 형상이기를 택한 물처럼, 물이 머무는 밀폐된 영원처럼 유동성을 내포한 채 고정되어 있군요. 현재라는 감각보다 생생한 표면에 어른거리는 얼굴을 봅니다. 빛과 대기의 간섭을 받으며, 일렁이며, 출렁이며, 흔들리며, 시간에 반응하며 있는 얼굴. 투명성을 훼손하고 있는, 투명한 물질을 시각적 대상으로 내보이는 이 얼굴을 봅니다.

전시장은 점점 북적이고 있습니다. 유리 조각의 표면 역시 점점 더 많은 얼굴로 북적입니다. 제 뒤의 얼굴을 가진 이에게 이 유리 조각은 저의 얼굴이 포개진 반투명한 것으로 보이겠지만, 그럼에도 이것은 여전히 투명한 물질로 분류됩니다. 우리의 몸은 투명성을 흐릿하게 만들며 어른거립니다. 우리는 서로를 반영하고 있습니다. 우리의 얼굴들은 서로를 포개며, 뒤섞으며, 투명성과 구분되지 않으며, 투명한 물질의 구조가 되며, 끝없이 움직이는 물질이 잠시 머무는 배치가 되고 있습니다.

이미지 되기

투명성은 소리입니다. 표피 때문에 투명성 자체가 위협받지 않는 것, 내부의 간섭에 의해 반투명한 혹은 불투명한 물질로 변질되지 않는 것, 외부의 이미지를 드러내는 표면이 될 수도 없는 것. 이런 투명성을 가능하게 하는 것은 오직 소리뿐입니다. 메아리라는 형식의 반영을 통해서만 중첩을 이루는 것. 자신의 메아리만을 비추는 표면인 것. 이것이 진정한 투명성이라고 할 수 있지 않을까요?

어느 날 새벽, 잠에서 깨 캄캄한 방 안에 누워 있다가 이 사실을 알게 되었습니다. 사실 저는 어둠 속에서 쉬이 잠들지 못합니다. 어둠은 제가 가진 모든 종류의 두려움을, 갖고 있지만 몰랐던 것까지 포함하여 투명한 주머니 안에 욱여넣고는 눈앞에 들이미는 것 같거든요. 그러니까 어둠은 저에게 볼 수 없고 만질 수 없는, 물론 알 수도 없는 무언가가 우글거리는 미지로 느껴지곤 합니다. 반대로 정말 아무것도 없는, 텅 빈, 거대하고 무한한 무인 것처럼 느껴지기도 하지요. 어느 쪽이건 어둠은 제가 눈앞의 세계를 볼 수 있다는 사실이 부드럽게 감추고 있는 것들을, 두려운 살덩이들을 드러내는 투명한 피부입니다.

물론 투명한 물질에는 사람을 쉽게 매혹하는 힘이 깃들어 있지요. 유리컵에 담긴 깨끗한 물을 통과하는 햇빛이나 커다란 유리창 앞에서 아름다움을 느끼는 데 무슨 수고가 필요한지 생각해보세요. 하지만 투명한 피부라면…… 그 앞에서 아름다움을 느끼건 아니건 그것을 감당하는 데에는 적잖은 힘이 들 겁니다. 아름다움이란 우리에게 자신을 감당하기를 요구하는 버거운 무게이기도 하니까요. 그러고 보면 우리가 매혹되는 것은 투명성 그 자체라기보다 투명한 표면이 드러내는 내부, 혹은 투명한 표면이 비추는 외부, 혹은 그것들의 포개짐, 이 모든 것을 담보하는 투명한 물질의 정직성일지도 모르겠군요. 그 정직성 역시 일종의 환상에 불과할지라도 말입니다.

아무튼 저에게 어둠이란 오로지 두려움만을 담보하는 투명한 피부 같은 것이라서 그것과 온몸을 맞댄 채로는 잠들 수 없었습니다. 하지만 그날은 제 아내가 옆에서 자고 있었거든요. 그래서 어둠의 투명한 피부가 감싸고 있는 것이 오직 한 인간인 것 같았습니다. 쌓이며 바닥을 감추는 물처럼, 한 사람이 어둠의 안쪽으로 쏟아져 출렁이고 스며들며 피부 안쪽을 가득 채우는 유일한 것이 되고 있었습니다. 물의 투명성을 생각해보세요. 투명한 채로 쌓이며 깊어지는 것. 언제나 유동하며 부드럽게 형태를 바꾸는 것. 표면을 떠다니는 물질들을 내부로 가볍게 끌어들여 바닥으로 감추는 것. 투명한 피부에 감싸인 사랑 같은 것 말입니다.

어둠의 투명한 껍질은 그런 식으로 우리를 감싸고, 우리의 표면을 부유하던 잠의 불순물들을 끌어들여 감추는 것 같았습니다. 그러나 그날 새벽 저는 갑작스레 잠에서

깼지요. 어둠의 피부에서 저의 일부가 삐죽 튀어나온 것 같은 깸이었습니다. 저의 의식은 땀방울처럼 어둠의 투명한 피부 위로 흘러내리고 있었습니다. 턱까지 차오르는 깊이의 물속을 걷고 있는 것 같기도 했어요. 어둠은 저의 턱 근처를 어른거리며 이따금 입술을 적시고 있었죠. 천천히 눈을 깜빡여 보았습니다. 어둠은 출렁이는 한 겹의 두터운 물질이었습니다. 아주 거대하고 두꺼운 밀가루 반죽처럼 손으로 찔러보면 끝없이 부드럽게 손가락을 빨아들일 것 같았죠.

소리는 제가 이런 생각을 하는 순간에도 겹에 겹을 더하며 쌓이고 있었습니다. 세계를 구성하는 모든 것의 움직임이 소리를 내며 밀집하고 있는 것 같았어요. 아주 미세한 소리 하나하나가 장면을 전환하고 있는 것 같았죠. 각각의 소리는 서로를 포개면서도 조금도 흐릿해지지 않았습니다. 뭉뚱그려진 하나를 향하는 방식으로 서로를 포개는 것이 아니라 여전히 투명한, 개별적인 몸으로 서로를 포개며 일렁이며 바닥을 감추고 있었죠.

각각의 겹들은 세계의 반영이나 반사가 아니었습니다. 소리는 세계가 잠시 멈추며 연속을 향해 기울어지는 순간을 보여주고 있었습니다. 프레임과 프레임 사이, 우리의 눈이 감지하지 못하는 어둠의 간격들이 소리라는 형식으로 자신을 드러내고 있는 것 같았어요. 소리는 우리가 속한 장면들, 장면들 틈새의 어둠을 감춰주며 움직이는 장면들을 투명하게 만들고 있었습니다.

문은 지난밤과 마찬가지로 굳게 닫혀 있었는데, 투명한 막에 불과한 문일지라도 닫힌 것이라고 표현할 수 있을지 잘 모르겠습니다. 중첩되는 소리들이 문을 투명하게 번역하고 있었죠. 문밖에서는 우리의 고양이가 투명을 의심하는 소리가 생성되고 있었습니다. 소리는 투명한 몸으로 움직이며 소리의 발생과 저의 몸 사이에 놓인 것들 역시 투명하게 만들고 있었지요. 소리 안의 동작과 풍경 들은 감은 눈 안에서 시각적 대상이 되어가고 있었습니다.

캣타워 두 번째 칸의 투명 플라스틱 침대. 고양이의 발이 그것의 존재를 확인하는 소리. 고양이의 동작이 자신의 안전을 의심하는 소리. 그리고 짧은 정적. 어둠 속 소리는, 소리의 투명성은 여전히 얼마간의 의심이 드리운 얼굴로 오목한 투명 침대에 몸을 둥글게 말고 누운 우리의 검은 고양이를 재생합니다.

투명한 소리들은 세계의 틈새에 누워 있다가 발견당하는 순간 세계 전체를 감싸는 주머니로 변하듯이, 무한히 늘어나는 얇은 막처럼 넓어집니다. 하나의 기척이 세계를 다시 그리는 선분으로 움직이면서 다른 기척이 그리는 선과 만나 투명한 형상을 이룹니다. 소리의 투명성은 비가시성이 아니지만 눈앞의 현실에 대한 반영도, 재현도 아닙니다. 소리는 스스로 자신의 형상을 택할 수 있게 된 물처럼, 매 순간 자신의 형상을 조정하는 물처럼, 섭씨 1,400도 이상의 세계에서 다시 태어난 유리처럼, 그러니까 액체 상태와 부드럽게 유동하는 반고체 상태만을 오가는 유리처럼 움직입니다.

이윽고 부드럽게 흘러내리듯 전개되는 종소리. 지난여름 태국의 사원 앞을 지나다가 꼭 이것 같은 소리를 들었던 적이 있습니다. 사원 처마에 걸린 금속 모빌들이 바람이 불어오는 방향부터 아주 미세한 시간차를 두고 차례대로 흔들리는 소리였죠. 이 아름답고 이상한 소리에 홀려 들어간 사원에서 들개에게 쫓겨 죽을 뻔하기도 했고요. 그건 투명한 몸으로 어슷하게 서로를 포개며 두께 없는 중첩을 만드는, 포개지지 않는 부분에 남겨진 여백을 누설하는 소리였습니다.

이제 발소리가 들립니다. 그리고 목소리들. 웃음소리. 아이들의 즐거운 비명. 호루라기 소리. 언어로 작동하지 못하는 말소리. 규칙적인 기계음. 엔진 소리. 새소리와 혼동되는 기계음. 기계음과 혼동되는 새소리. 구름이 웅성대는 소리. 비가 준비되는 소리. '촘촘히'라는 단어. 열리지 않는 문을 작동시키려는 소리. 목제 가구가 찢어지는 소리. 유리 새들이 지저귀는 소리.

눈을 가진 누구에게도 배열의 실마리를 들키지 않는다는 점에서, 완벽하게 불규칙한 배치는 투명성 안에서만 가능하지요. 투명성 안에서 웅성거림, 지저귐, 폭발은 모두 동등한 크기의 입자로 부서져 투명한 안개를 이룹니다. 투명한 입자로 이루어진 덩어리는 쪼개지지 않습니다. 투명한 겹들로 이루어진 두께는 분리되지 않습니다. 꿈 안으로 스며들고 꿈 바깥으로 흘러내립니다. 투명한 물질 역시 이미지 되기의 노동에서 벗어날 수 없습니다.

하지만…… 저는 꿈에서 한 번도 소리를 들어본 적 없습니다. 꿈은 언제나 지나칠 정도의 이미지로 넘치는 현실이기 때문일까요? 꿈에서 소리란 소리 자체가 아니라 소리가 포함된 장면, 특정한 소리를 연상시키는 이미지로부터 돌출되는 상상, 소리에 대한 인상으로만 존재할 따름이죠. 꿈을 구성하는 건 기본적으로 감각이 소거된 장면들입니다. 감각들 역시 장면의 일부로서만 존재한다고 하는 편이 더 정확하겠군요.

가령 손끝에서 뜨거움을 느끼고 깜짝 놀라 손이 닿은 자리를 바라보고 무엇이 손가락에 화상을 입혔는지 알게 되는 것이 아니라, 손이 닿은 자리를 보면서 사후적으로 손끝의 뜨겁다는 감각을 구성하는 것이 꿈의 방식입니다. 소리는 꿈에서 감각의 차원에까지 투명한 층위로만 존재합니다. 불현듯 돌출되는 것이 아니라 장면에 언제나 드리워진 채 발견되기를 기다리는 투명한 겹으로 존재하는 것이지요.

그 새벽, 제가 들은 소리들은 꿈의 소리가 존재하는 방식을 반전시킨 것처럼 있었습니다. 꿈의 소리가 보이지 않는 것으로서의 투명함, 무엇도 반사하지 않는 투명한 껍질, 표면이라기보다 보이지 않는 피부에 가까운 것으로 장면 위를 어른거리고 있었다면 그 새벽의 소리들은 한 줌의 빛을 잡아채 반사하는 표면이 되어 있었습니다. 제가 볼 수 있는 세계란 소리라는 표면에 반사되어 어른거리는 어둠 배후의 풍경들뿐이었죠.

저는 지금 어둠을 담고 있게 되어버린 투명한 피막, 눈에 보이지 않는 투명성 아래 누워 있는 것일까요? 아니면 투명한 피막을 가질 수 있었던 어둠, 자신을 모두 내보이는 데 주저함도 두려움도 없는 어둠 아래 누워 있는 것일까요? 소리들은 겹에 겹을 더하며 여전히 투명한 채로 쌓이고 있습니다. 그리고 규칙적인 숨소리가 있습니다. 온도와 냄새를 가진 소리. 불투명한 이 소리가 어둠을 구성하는 소리들의 투명한 겹을 벌리며 아늑한 틈새를 만들고 있습니다. 이불 아래에서 미미하게 들썩이며 소음을 만들어내는 몸이 있습니다. 저는 두텁고 반투명한 어둠을 덮고 다시 잠에 빠져듭니다. 한 겹의 불투명한 소리를 더합니다.

투명성이라니, 복잡한 질문이군요. 하지만 이런 말은 할 수 있을 것 같습니다. 제가 투명성 아래 배치하고 싶은 유일한 사물이 있다면 그건 얼굴일 거라고요. 제 얼굴인지 타인의 얼굴인지, 타인의 것이라면 특정한 어떤 타인의 얼굴인지는 중요하지 않습니다. 그 사물이 얼굴이라는 것, 그리고 그것을 투명성에 완벽히 속하도록 던져두는 것, 깨끗하게 바라볼 수 있다는 것이 중요합니다. 어떤 일을 바란다는 건 그것이 불가능함을 알고 있다의 다른 표현이기도 하지요. 타인의 얼굴과 제 얼굴이 관계하는 방식으로서의 마주 봄 사이에는 언제나 반투명한 막이 존재하거든요. 유리창 안팎의 두 사람처럼 말입니다. 유리창을 사이에 두고 있다면 얼굴이란 이미 투명성 아래 놓여 있는 것 아니냐고요? 아니, 아닙니다. 저에게 투명성이란, 완벽한 투명도를 갖춘 것이란 보이지 않는다는 것과 동일한 의미를 지닌 것입니다. 너저분한 막을 거쳐 볼 수 있음이 아니라요.

세계 안에 놓인 채로 시간의 더께를 쌓아온 우리의 몸은, 우리의 몸이 가진 눈은 그 자체로 얼룩덜룩한 막입니다. 마주 봄이란 이런 막들을 거친 수많은 시선과 시간의 더께가 쌓인 얼굴을 네 개의 너저분한 눈동자가 상호 응시하는 일이고요. 저는 질량 없는 상으로 포개지는 여러 겹의 이미지가 아니라 깨끗하고 순수한 상태로 놓인 하나의 단일한 이미지를 바라보기를 원하는 겁니다.
그런 이미지로서의 얼굴을요. 깨끗하게 직시하는 것,
뒤엉킨 시선 뭉치를 만들어내거나 표정이라는 기호 읽기를
수행하지 않고 눈앞의 얼굴을 보기. 연쇄되는 질문으로서의
보기가 아닌 응답으로서의 보기. 눈꺼풀을 들어 올리는
혼동을 통해서만 겨우 뜰 수 있는 것이 아닌 눈을 갖기.

저는 아주 오랫동안 유리창 안쪽의 형상들, 그 형상들이
행하는 동작에 포개지는 윤곽으로 존재함으로써 나의
움직임을 견뎌보려 했습니다. 제가 분명하게 보고 있는 것,
눈앞에서 확실한 현실로 동원되며 미래를 실행하는 듯한,
물질을 가진 몸들에게 저라는 형상을 겹치는 동작을
수행하기. 이 수행을 통해서만 저 자신 역시 현실이라는
사실을 견딜 수 있었지요.

빛이 맑고 날카로운 가을 한낮, 저의 윤곽이 햇빛 속에서
날카롭게 오려지는 순간에도 유리창 앞에 서면 뿌옇게
흐려지며 어른거리며 포개지는 겹겹의 형상으로, 절반쯤은
추상이고 절반쯤만 구체인 사물로 움직일 수 있지요.
그러니까 저에게 주어진 투명성이란, 저의 생활을, 저와
세계의 관계를 유지해주던 투명성이란 가장 손쉬운
방법으로 모든 것의 경계를 불분명하게 만드는 것이었어요.
이미지들 사이의, 현실 사이의, 질서 사이의 거리를 중첩과
유사성으로 끌어당기는 것이었지요. 어떤 표정을, 습관을,

몸짓을, 마음과 마음의 표현을, 행동 양식을 다른 몸들과 비슷하게 재현하기 위한 수행 없이도요. 세계에게 익숙한 이미지가 되려는 속임수 없이도요.

유리창은 우리를 끝없이 서성이게 하고, 같은 자리를 맴돌며 우리의 보기를 조정하게 만듭니다. 세부를 지우고 해상도를 낮춤으로써, 보는 행위의 일부를 무용하게 만듦으로써 무한한 관찰을 가능하게 한다고 할 수도 있겠네요. 솔직히 말하자면 저는 유리를 사이에 둔 채로만 볼 수 있습니다. 유리 위에서 벌어지는 반사, 중첩, 투영의 상호작용 안에서만 눈을 사용할 수 있지요. 제 자신의 가시화를 견딜 수 있고요. 저에게 보기란 유리라는 겹을 덧댄 채로만 가능한 것이었습니다. 저는 어른거리며 서로를 포개는, 부정확한 채로 흔들리고 흐릿해지는 윤곽들 사이에서만 안전하다는 느낌을 받을 수 있었습니다.

남겨지는 것은 아무것도 없습니다. 우리 모두는 표면을 잠시 어른거리는 움직임일 뿐입니다. 안팎의 조도에 따라 지워지는 부분이 변화하는 현실일 뿐입니다. 표면에 미세하게 가해졌다 이내 거둬지는 변화이고요. 유리의 해상도 안에서는 각각의 얼굴에 남겨진 시간의 궤적 역시 흐릿하게 비워집니다. 사진 속 얼굴과 유리창을 향해 숨을 내쉬는 따뜻한 살덩이의 얼굴이 같은 평면으로 있습니다. 거기 비친 것이 무엇이건 간에 유리창은 시간과 시간 사이를,

사물과 생물 사이를, 자연과 문명 사이를, 물질과 비물질 사이를 무화시키며 우리의 눈앞에 들이밉니다.

투명성의 표면은 다른 시간성에 열려 있는 한 순간입니다. '아직'이라는 시간 안에 도사리는 언어의 가능성이자 언어가 시간성과 장소성을 품고 있다는 사실, 이 사실로부터 벗어날 수 없다는 사실, 우리와 현실의 관계 사이에 놓여 있는 것이라는 사실입니다. 그리고 이 모든 사실 덕분에 필연적으로 발생하는, 언어의 희미한 테두리이며 윤곽의 유동하는 부분입니다. 라이벨(Leibel)이라는 이름이 독일어로 사랑을 뜻하는 'Liebe'의 의태어에 가깝다는 사실과 이디시어로 작은 사자를 뜻한다는 사실이 우리의 현실에 동시에 존재하듯이.[1]

유리 위에서 모든 것은 기호 바깥으로 미끄러집니다. 우리는 일렁이는 액체 같은 형상으로 다른 여럿과 포개집니다. 다른 사물과 풍경과 시간의 개입, 빛과 어둠의 개입으로 인해, 안팎의 뒤섞임으로 인해 우리 모두는 주어진 언어를 이탈합니다. 차갑고 매끈한 표면은 끝없이 불능을 상기시킵니다. 오직 미끄러짐을 위해 존재하는 것 같은 장소. 기울기 없이도 우리를 계속 미끄러뜨리는 장소. 우리가 보려는 것들은 얼굴 위를 미끄러지며 지나가는 형상으로 여기 있습니다. 저는 마침내 상실감에 얽매이지 않는 되돌아봄의 감각을 배웁니다.[2]

투명성이란 저에게 보기를 가능하게 하는 최소 조건입니다. 나의 경계는 흐릿하고, 나는 계속해서 어른거리는 윤곽이 되고, 주변이 나를 침범하고, 아니 내가 주변을 침범하는 것인지 헷갈리고, 우리는 모두 평평하게 뒤엉킨 이미지인 채로만 서로를 볼 수 있지요. 저는 얼룩과 나 자신을 종종 혼동하게 된다고 말해왔는데, 어쩌면 처음부터 우리 내부의 나, 너, 나와 너 들 역시 그저 얼룩에 불과한지도 모르겠습니다.

투명한 표면 앞에서는 가만히 서 있는 것만으로도 나라는 형상에 움직임이 주어집니다. 내가 속한 공간은 변화합니다. 변화하는 공간이 나와 뒤섞입니다. 나라는 몸은 주변과의 뒤엉킴을 위해 동원된 물질 같습니다. 이런 포개짐 속에서 나는 어렴풋해집니다. 어렴풋한 형상으로 깜빡거리며 세계에 존재합니다. 저는 이 깜빡거림 속에서만 저를 볼 수 있습니다. 나의 보기를 가능하게 하는 두 눈, 이 두 개의 입구가 하는 운동과 무관하게 벌어지는, 내 눈꺼풀의 깜빡임과 어긋나며 움직이는 포개짐을 통해서만요. 투명한 표면의 일부를 겨우 반투명한 것으로 변화시킬 뿐일 미미한 형상으로만, 엷고 얇은 색채와 흐릿한 윤곽으로만 드러나는 몸. 몸을 비장소로 느끼는 순간에는 덜 어렵게 저의 몸을 견딜 수 있습니다.

기억들이 연약하게 각인된, 주관적인 기억들이 입김처럼 잠시 맺힌 얼룩이 되는 표면. 투명한 표면은 언제나 딴청을 피웁니다. 물질로 존재하지만 스스로의 물질성을 과시하지 않습니다. 물질이 아니라 성질 그 자체로 존재하는 것처럼, 투명성이라는 특성 자체로 세계에 덧입혀진 것처럼 있을 따름입니다.

유리 표면은 언제나 투명과 반투명 사이를 오가며 무언가의 반사 혹은 투영으로만 존재합니다. 투명한 표면은 기다릴 뿐입니다. 무언가가 자신의 피부 위로 드러나기를. 덧입혀짐을 통해 보이는 것으로 현현하기를. 유리는 단일한 대상을 담거나 비추는 것에 집중하지 않는 산만한 표면입니다. 산만함을 도구 삼아 유동적인 상태를 유지하는 표면입니다. 투명한 물질은 부산스레 움직이는 형상이 됨으로써, 산만하게 주변을 드러냄으로써, 시간이 지나가는 것을 보여줌으로써 시간 안에 존재할 수 있는 표면입니다.

유리라는 표면은 스크린의 빛과 닮은 것이기도 하지요. 앞에 놓인 대상을 비추는 유일한 광원이 되는 동시에 대상이 응시하는 것을 자기 자신으로 둔다는 점에서요. 유리에 비친 나의 얼굴은 영사된 장면이 자아내는 빛이 어른거리는 스크린 앞의 얼굴과 닮았습니다. 유리에 비친 나의 얼굴을 보고 있노라면 스크린 내부의 세계가 맞은편에 앉을 관객들을 위해 자신을 구성하듯이, 나 역시 맞은편의 얼굴을 위해 나의 얼굴을 침범할 모든 것을 지어냈다는 느낌에 사로잡히곤 합니다.

극장으로 걸어 들어가는 순간 나와 시간 사이에는

가느다란 금이 발생합니다. 금은 점점 벌어져 틈새가 되고, 장소가 됩니다. 저에게는 시간이 흘러가는 속도나 지나가는 방식이 아니라 시간과 나, 시간 안에 함께 머무는 우리 사이의 연결이, 간격이, 관계가 중요합니다. 극장은 시간을 나로부터 박리하는 예리한 칼날 같은 것입니다. 시간으로부터 나를 유예하기. 시간과의 관계 맺기를 잠시 중단하기. 유예와 중단이라는 착각을 가능하게 하기. 이 모든 것을 가능하게 하는, 장소라는 범주의 도구입니다. 마침내 나는 시간이 지나가는 것을 보는 동시에 시간이 그냥 지나가도록 내버려둘 수 있습니다.

꿈꿔본 적 없는, 그러나 늘 필요했던 이 투명한 표면은 여전히 우리 앞에 있습니다. 우리의 포개진 얼굴이, 포개진 뒷모습이, 저의 얼굴을 소실점으로 둔 채 점점 작아지는 타인이라는 풍경이 눈동자 속으로 소멸하는 봄이 되는 동안에도 시간은 이 표면을 계속 미끄러지고 있습니다. 어딘가 고여 있는 시간이란, 그리고 시간이 고일 자리란 환상일 뿐입니다. 소실점은 언제나 화면 안에만 존재하는 점이라서 자신이 속한 화면 안에서만 부드러운 사라짐, 부드러운 망각, 부드러운 소멸을 가능하게 합니다.

그러나 유리의 성질은 소실점을 흔들며, 소실점들을 포개며, 여러 겹의 점을 커다란 원으로 포개며 점의 안쪽으로부터 시작하는 현실을 가능하게 합니다. 점은 원의 최소 단위이기도 하니까요. 음악을 따르고 춤을 추며 원을 그리는 한 무리의 춤꾼들 사이에서, 함께 춤을 출 다른 몸을 선택하는 질서 사이에서 우리의 움직임이 부드럽게 질서를 이탈하는 춤이 되듯이. 거듭해서 서로를 호명하는 새로운 중심이 되듯이.

유리는 중첩되며 유동하는 배치를 위한 표면입니다. 우리의 관계 안에서만 존재하는 내부와 외부입니다. 우리는 메아리처럼 서로를 포개며, 서로를 반복하며, 서로를 반사하며 연결됩니다.

여기 유리에 비친 두 소녀의 얼굴이 있습니다. 얼굴 하나가 문득 유리창을 향합니다. 그 얼굴은 자신이 보고 있는 얼굴을, 그 얼굴에 서린 표정을, 표정이라는 기호를, 감정이 동원한 현실로서의 이목구비를 유리 안쪽의 것이라고 착각합니다. 반영이 아닌 투영이라고 오해합니다. 착각하는 자는 물론 착각을 믿습니다. 아무런 의지도, 의식도, 자각도 없이 믿게 되는 것이 착각이니까요. 유리는 그 소녀의 착각을 보호합니다. 시간으로부터, 기호로부터, 되돌아봄으로부터, 선명한 윤곽으로부터, 고정된 이미지로부터. 유예와 중단의 방법으로 그 얼굴을, 연약한 질서의 손길로부터 안전한 곳에 둡니다. 주변부를, 시간을, 풍경을, 얼굴과 이어진 몸을, 동작을 삭제한 눈앞의 얼굴을 깨끗하게 바라볼 수 있을 때까지. 완벽한 투명성이 가능해질 때까지. 너무 깨끗해진

눈앞의 얼굴, 마주 보는 얼굴에 비친 자신의 얼굴을 마침내
선명하게 볼 수 있도록.

보세요, 깨끗하게 앞을 보는 일은 되돌아보기의 한
방법이기도 하다는 것을. 장소로부터, '이미'라는
시간으로부터, 기호로부터, 물질로서의 우리로부터……
연속되는 이탈은 사랑의 은유이기도 하다는 것을.
보세요, 우리가 어디까지 볼 수 있는지.

◦ 첫 번째 답변 '가변 영원'은 로니 혼(Roni Horn)의 유리 조각 연작을, 두 번째 답변 '이미지 되기'는 장희진의 앨범 《Me and the Glassbirds》(Doom Trip Records, 2023)를, 세 번째 답변 '사랑과 작은 사자'는 샹탈 아케르만(Chantal Akerman)의 영화 〈브뤼셀에서의 60년대 말의 소녀의 초상(Portrait d'une jeune fille de la fin des années 60 à Bruxelles)〉(1994)을 재료로 쓴 것이다.

1. "독일어로 '사랑'을 의미하는 단어 'Liebe'의 애너그램 같네요[이디시어로 '라이벨'은 '작은 사자'를 뜻한다]."—샹탈 아케르만의 『브뤼셀의 한 가족』(이혜인 옮김, 워크룸 프레스, 2024)에 수록된 파자마 인터뷰 중에서.
2. Elspeth Mitchell, "Chantal Akerman and the Cinéfille", *Camera Obscura*, Vol. 38, Duke University Press, 2023.

로니 혼, 〈Untitled ("Y is for the ambush of youth and escaping it year by year.")〉, 2013–2017

사진: Jon Etter, 제공: Hauser & Wirth

샹탈 아케르만의 영화 〈브뤼셀에서의 60년대 말의 소녀의 초상〉(1994) 세트 사진

사진: Raymond Fromont, 제공: 샹탈 아케르만 재단

전망들

장면의 자락

그래도 일단 개라고 한번 불러보자고 했다. 아니, 개를 불러보자고. 개는 머리 위를 보지 못하는 거 알아? 우리는 복도식 아파트 난간에 기댄 채였고 무리 지은 플라타너스 꼭대기 사이로 산책에서 돌아오는 개가 보였다. 개라고 불러보자고? 아니 개를, 개를. 현실은 이미지의 효과에 불과한 것처럼 보였다.[1] 초록의 틈새로 원을 그리며 흔들리는, 기분 좋음의 기호인 꼬리가 보였다. 개, 개야! 강아지! 개, 여기야! 개는 고개를 갸웃거리고 사방을 킁킁거리고 제자리를 빙글빙글 돌다 화단 속으로 사라졌다. 다시 나타난 개는 나뭇잎과 씨앗과 거미줄이 뒤엉킨 얼굴로 꼬리를 흔들고 있었다. 우리는 여전히 그걸, 개를, 아무리 불러도 올려다보지 않는 것을 부르고 있었다. 얼마나 오래 계속한 일인지 기억나지 않았다. 우리의 목에서는 쇠 맛이 났다.

자꾸 무슨 소리가 났다. 여기저기서 이런저런 소리가 들려왔다. 하나의 소리에 하나의 형상, 하나의 장면. 우린 습관대로 소리를 빛어 이미지로 번역하려 하고 있었다. 소리가 나는 쪽으로 고개를 돌렸다. 소리가 나는 쪽을 향해 움직였다. 현실은 소리의 진동이 만들어낸 부스러기처럼 보였다. 소리가 우리를 벗어나게 했다. 우리는 축에서 이탈한다. 장면 바깥으로 빠져나간다. 꿈은 원을 그리는 꼬리의 형상으로 루프를 이루며 반복되고 있었다. 같은 꿈이 반복되는 것인지, 같은 일을 끝없이 계속하는 꿈속에 있는 것인지 알 수 없었다. 그러나 꿈 역시 우리에게 일어난 일일 뿐이다. 우리가 겪은 장면일 뿐이다. 일단 개라고 부른 것들은 소리가 난 방향으로 얼굴을 보내지 못하며 장면의 중심에 보존되고 있었다. 우린 소리가 나는 쪽을 보려고 사방으로 찢어지고 있는 것 같았다.

눈 시작되는 소리가 났다.

개를 제외한 장면의 산 것들이 일제히 위를 본다. 정말 모든 것의 동시라는 게 존재하는 것처럼. 장면 바깥에서 끝없이 무슨 소리가 들렸다. 그런 걸 믿어야 하는데, 누군가가 말했지만 우리는 언제나 믿는 것보다 훨씬 많은 걸 보고 만다. 우리는 자꾸 깨어나고 있었다. 소리가 나는 방향으로 고개를 돌리며 끌려다니고 있었다. 우리의 얼굴은 이상한 간격처럼 보였다.

우리는 아무리 불러도 올려다보지 못하는 것을 계속 개라고
부르고 있었다. 개라는 말은 알 수 없는 소리가 되고
있었다. 개는 올려다보지 못하고 바닥이라는 중심에서
이탈하지 않는다. 개의 얼굴은 어디를 헤매고 다녀도
아무리 헝클어져도 꽉 뭉친 형상인 채로 시간 속에 놓여
있다. 이상한 간격이 되지 않는다. 소리와 위치를 연결하지
않는다. 자신이 속한 장면이 아무리 아름답다 해도
필요하다면 찢을 수 있는 성질의 것이라고 생각하지 않는다.

창을 열면 창밖은 새하얗다.
아무것도 없는 것처럼 모든 것으로 우글거리는 것처럼
하얗다.
깨끗하고 어수선하게 하얗다.

아무리 불러도, 얼마나 큰 소리를 내도
올려다보는 얼굴이 없으므로 나는 그걸 수많은
너무 많아서 포개진 채로 움직이지 못할 정도로 많은
흰 개들이라고, 개들의 발아래 견고한 바닥이 있다고
쉽게 믿으며 문을 닫을 수 있었다.

문을 닫아도 눈이 시작되는 소리가 났다. 개를 제외한
모든 것이 하늘을 본다. 정말 우리 모두가 보는 현실이라는
게 있다는 듯이. 현실이 이미지의 원인이라고 생각하는

것처럼.[2] 모두가 정확히 함께 고이는 동시라는 시간이 있는 것처럼. 그런 장소에 고여 있는 사물들처럼.

나는 습관대로
들리는 모든 소리를 장면화한다.
소리가 나는 방향으로 얼굴을 밀어낸다.

올려다본 하늘은 무겁고 어지러운 눈 뭉치 같았다. 우리의
시선이 허공을 밀어내며 그걸 받치고 있는 것 같았다.

저건 유리야. 불에서 갓 나온, 연약한 생물 같은
세계의 차가움에 놀라며 떨고 있는
흰 새끼 유리야.

소리가 나는 방향으로 얼굴을 들자 눈 내리는 소리가 장면을 어지른다. 머리 위에서 산산이 깨져 날카롭게 쏟아지는 하늘이 있었다. 허공은 끔찍한 소리를 내며 아름다운 장면으로 변환되고 있었다. 깨진 하늘 틈새로 쏟아지는 햇빛을 작고 날카로운 절단면에 잠시 가두며, 표면을 흐르게 하며, 투명한 몸으로 통과시키며 색을 만드는 눈이 있었다. 장면의 산 것들은 모두 이걸 겪고 있었다. 장면은 아무렇게나 던져진다. 잘못 뭉친 눈송이처럼 허공과 살짝 접촉하는 것만으로도 부서진다. 아무 데서나 펼쳐지며 다른 장면을 만든다.

파편들.
너는 그중 하나를 삶으로 만들기 위해
모든 일을 시작한다.

일단 개라고 한번 불러는 보자고 했다. 뭘 붙잡듯이, 잡히는 것을 옷자락이라고 믿듯이, 잡힌 옷자락이 잠시 돌아볼 얼굴을 가졌다는 듯이.

아무리 불러도 개 부르는 소리는 허공에서 흩어진다.
부서진 소리를 맞는 개들의 정수리로도
시끄럽게 눈이
눈이라고 불리는 어리고 뜨겁고 연약한 새끼 유리들이
쏟아진다.

위를 보지 않는 개들은 기억을 배반하며
장면 속에 안전하게 보존된다

개야, 하면 개는 이빨을 부딪치며 주변을 진동시키며 덜덜 떨고 있다. 그 얼굴로 시간과 공간이 개입하고 있다. 우리를 구성하고 있다. 파편들 하나하나를 삶의 구체로 만들고 있다.

개를 부르며 개의 옆에서
현재에 속한 추위만을 느끼는

우리가 공유하는 시간을 보여주는
그 얼굴을 본다.

너무도 익숙한 그 얼굴.
볼수록 모르는 얼굴이 되는
축축한 손을 달라붙게 만드는

우리의 얼어붙은
털이 많고 부드러운 시간을 만진다.

1. "현실은 이미지의 원인이라기보다는 그것의 효과인 것처럼 보였다."
— 에리카 발솜(Erika Balsom), 「현실-기반 공동체(The Reality-based Community)」, 김지훈 옮김, 다큐매거진 『DOCKING』 Vol. 15, 2019 가을.
2. 주석 1과 같은 문장을 변용함.

감정의 자연스러운 상태

안녕하세요, 선생님. 먼저 어떻게 여기 오게 되었는지부터 말씀드려야겠지요. 저는 어느 날부터인가 도무지 자연을 견딜 수 없습니다. 아무래도 그 일이거나 그 꿈 이후인 것 같습니다. 아, 제가 말하는 자연은 나무나 풀, 산, 바다 같은 것뿐만은 아닙니다. 알 수 없는 모든 것이지요. 제가 느끼기에 자연이란 도무지 다 알 수 없고, 지금을 순식간에 뒤집으며, 순간 안에서 잡아챌 앎의 실마리를 아주 작은 조각조차도 주지 않는 것입니다. 어떤 시간의, 얼마나 작은 점 위에서도 안다고 말할 수는 없는 모든 것입니다.
아시겠지만 불가능함을 안다고 해도 도무지 원하기를 멈출 수 없는 일들이 있지 않습니까. 저는 모든 자연을 안 보이는 곳에 숨겨놓거나 안 보이는 곳에 있는 것까지 몽땅 꺼내어 버리고 싶습니다.

∘

"소리는 이미지보다 쉽게 현실을 꿈의 면으로 뒤집는다.

그러니 잠에서 깨듯이 장면을 깨뜨릴 수 있다면 좋을 것이다."

낡고 구깃구깃한, 일정한 간격으로 줄이 있는 찢어진 종이에 적힌 문장이었는데 나는 이것을 오랫동안 입지 않았던 외투 주머니에서 발견했다. 내 생각이었는지, 누구의 말이었는지, 무슨 영화 대사라거나 책에서 읽은 문장이었는지 기억나지 않았다. 큰따옴표 안에 기록되어 있었으므로 내가 아닌 이의 말이나 생각이었겠거니 추측할 따름이었다. 옷은 헌 옷 수거함에 넣고, 구겨진 종이는 더 구겨서 수거함 옆의 휴지통에 넣었다. 별생각이랄 게 필요 없는 자연스러운 일이었다. 헌 옷 수거함이 있는 길의 모퉁이를 돌 때, 주차장에서 불을 피우는 사람을 보았는데 때 이른 추위 때문인지 열기가 이쪽까지 훅 끼쳐오는 것 같았다. 불기운이라기엔 거의 날씨처럼 느껴지는 열기였다. 무엇보다 이상한 점은 열기를 감각하자 내가 속한 장면 전체가 아주 천천히 녹아갈 것이라는, 분명 아직 도래하지 않은 사건인데도 너무 강렬한 나머지 예감이라기보다는 앎에 가까운 느낌이 들었다는 것이다. 장면을 깨뜨릴 수 있다면 좋을 것이다. 저주에 걸린 것처럼 그 순간부터 이 말에서 벗어날 수가 없었다. 걸음을 옮길 때마다 장면이 깨지는 소리가 들렸다.

비가 내리기 위하여 하늘이 깨진다. 무수한 빗방울, 바닥과 접하며 제각각 깨진다. 빗소리는 중첩되는 파열음으로 장면을 뒤집는다. 담벼락을 뛰어넘으며 고양이가 깨진다. 담벼락 너머의 감나무 잎사귀 흔들리며 깨진다. 전봇대 옆에 서 있는 사람의 손에 들린 담배에서 피어오르는 연기가 깨진다. 피어오르는 담배 연기가 허공의 어둠을 깨뜨린다. 편의점 앞 테이블에 앉은 사람의 손끝에서 넘어가는 책장이 깨진다. 오토바이가 골목 어귀로 사라지며 깨진다. 개와 걷는 저 사람, 개의 독특한 보법 때문에 이상한 방향으로 깨진다. 개의 발에 챈 콜라 캔이 굴러가며 깨진다. 파란색 철문이 열리다 말고 깨진다. 나는 계속 걷고 있고 모든 것이 시야 바깥으로 밀려나고 있다. 나는 어딘가에서 들려오는 소리를 통해 이 모든 것이 깨지고 있음을 알게 된다. 나는 연속적으로 장면의 바깥으로 밀려나며 새로운 장면에 삽입된다. 깨지는 소리가 이전과 이후의 장면을 알 수 있는 것으로 만든다. 나는 안심한다. 나는 자연스럽게 세계를 견딜 수 있다. 비자연이 되기 위하여 장면의 모든 것은 깨지는 물질을 가진다.

자신의 바닥을 지면과 잘 접하는 위치에 둘 수 있는, 날아가거나 휘청이지 않을 충분한 무게를 가지는, 단단한 동시에 잘 깨지는, 깨질 때마다 요란한 소리를 낼 수 있는, 소리만으로도 부서짐을 사실로 만들 수 있는, 자유롭게 형상이 될 수 있는, 완전하게 고정된 형태라고 믿을 수 있는, 자연에 속하지 않은 것처럼 보이는, 다 들여다보인다는 인상을 주는…… 재료를 찾다가 장면들은, 그러니까 내가 머무는 순간들의 모든 이미지는 유리를 물질로 삼기를 택한 것 같았다.

°

장면의 구성품들이 깨질 때마다 나는 자꾸 꿈으로 돌아가게 되었다. 어쩌면 반대일지도 모르고, 둘 중 무엇도 꿈이 아니라거나 둘 중 무엇도 현실이 아니라고 할 수 없을지도 모른다. 모든 것이 깨지는 비자연에 속해 있으므로 나는 불투명하거나 거칠거칠하거나 북슬북슬한 표면 역시 유리로 빚은 것임을 안다. 과냉각된 상태의 액체에 불과하다는 것을 안다. 이 꿈에는 털투성이의 사랑이 있다. 나의 사랑은 희고 긴 털로 온몸이 뒤덮여 있으며 입을 벌리고, 혓바닥을 내밀고 네 발로 서 있다. 저렇게 털이 많고, 부드럽고, 따뜻해 보이는 생물 역시 깨질 수 있다는 것을 믿기 어렵대도 소리는 우리가 보는 표면과 관계없이 발생한다. 소리는 이미지보다 쉽게 꿈도 현실로 만든다. 나는 그것의 이름을 부른다. 그것은 돌아보지 않는다. 나는 그것이 자신의 이름을 잊어버렸다는 걸 알게 된다. 장면이 뜨거워지기 시작한다. 나는 자연스럽게 슬픈 예감에 사로잡힌다. 산책을 가자고 해보지만 그것은 유리알에 불과해 보이는, 아무것도 없고 투명함만 있는 멍한 눈으로 정면을 응시할 뿐이다. 나는 그것이 기억을 잃어가는 중이라는 걸 알게 된다. 이제 이 장면은 유리를 녹일 만큼 뜨겁다. 그것은 녹고 있었다. 목줄을 빠져나가며 녹고 있었다. 걸음마다 장면을 벗어나는 법을, 다음 장면으로 넘어가는 법을, 움직이는 법을, 깨지며 다음을 부르는 법을 잊어버리고 있었다. 그것은 자신을 구성하는 물질이 형상을 유지하는 데 필요한 온도를 기억과 맞바꾼 것처럼 뜨겁게 흘러내리고 있었다. 나는 그것을 붙잡는다. 그것은 언제나 나의 움직임보다 빠르게 녹으며 작아지고 있었다. 나의 움직임이 다 알 수 없는 속도로 작아지고 있었다. 자연이 되어가고 있었다. 나는 그것을 더 붙잡는다. 그것은 사라짐을 향해 움직인다. 도무지 이해할 수 없는 일이었지만 자연은 이해를 필요로 하지 않는다. 나는 그것을 향해 움직인다. 더 움직인다.

°

저는 이 모든 것을 꿈의 면으로 뒤집어야 했습니다. 그러나 모든 것이 견딜 수 없이 자연스러웠어요. 그리고 저는 깨닫습니다. 제가 소리를 만들 수 있다는 사실을요. 소리는 이미지보다 쉽게 현실을 꿈의 면으로 뒤집습니다. 마침 저희 앞에는 과냉각된 상태의 액체에 담긴 차가운 물이 있군요. 선생님의 친절에 감사드립니다.

(파열음)

ㅇ

깨지는 소리가 장면을 파열한다
모든 것이 자연스러운 장면으로부터
우리의 목덜미를 잡아챈다

우리는 장면 안의 모양들에 대해 책임져야 했다
깨진 모양에서는 번번이 영혼 비슷한 것이 흘러나와
번거로웠다

우리의 여기의 이것의

우리는 눈을 위하여
회흰 시이로 세 불을 지켜보고 있었다[1]

봐 저기서
타고 있는
녹고 있는

순간 단위로만 가능한 형상을
형태를 상상하지 않는 의지로
흘러내리고 기울며 무게를 따르며 더 뜨거운 쪽을 향하는
순간에 깃든 형상들의
즉흥 기억을

꽃 더미를 만지고 돌아온 유리는
재로 얼룩진
시커멓고 투명한 손바닥을 보여주었다

불도 꽃도 상태일 뿐인데 이렇게
잘 보이고 분명하게 만져지는
냄새나는 물질이라는 게 참 이상하다고
손으로 목 언저리를 문지르며 말하는 유리의 얼굴은
우리가 여기라고 부르는 간격에서 막 태어난
재료도 상태도 사물도 아닌 이상한
물질 덩어리 같았다

손 위에 접합된 것처럼
손에서 솟아난 것처럼 덩그러니 놓인 얼굴
걔를, 그 얼굴을 유리라고 부른 건
어떤 시간에
어떤 장소에 놓아두고 그게 무엇이든 간에
적어도 어디 놓여 있긴 하다는 사실 정도를
사실이라고 믿고 싶었기 때문이었는데

불을 가두며 스스로 빛을 내는
상태가 아닌 불을 원하는 것 같은 얼굴
불 아닌 세계와 접할 때마다 깨지는 표면이 되는 얼굴 아래

유리의 손은
허공을 기어이 표면으로 만들겠다는
부드러운 의지를 가진 것처럼 움직인다

ㅇ

여름에
눈을 위하여 우리는
그을은 화환 사이로 어른거리는
작고 낡았지만 튼튼한 불을 보며
둥그런 식탁에 둘러앉았다

우리가 있는 곳을 여기라고 여기며
여기라 부르기로 약속하는 얼굴로

매끄러운 표면이 있고
물 한 방울이 그것을 넘치게 하는 순간을
우리 모두는 동시에 보았다

그런 움직임
그 이미지가 우리를 던져두는 공간이 있었고
거기 우리가 있었다

창문은 기이할 정도로 작고 실내는
기척을 따라 고개를 돌리면 무엇이든 있을 것 같은
무엇이 있대도 아 그렇군요 하게 될 것 같은
어둠에 잠겨 있다

실내를 점령하고 있는 빛의 전부인
빛이 전부인 창문은
단면인 동시에 온 세계가 쪼그라든 무한인 것처럼 보였다
아무것도 아닌 조그만 끄트머리
그 얇은 한 장의 사각형이 펼쳐지며
세계를 집어삼키며 세계를 뒤덮으며 세계의 전부가 될 것
　　같았다

이런 빛의 이런 일렁거림 이런 잎사귀들을 통과함 잎사귀의
　　이런 밀도를
계절과 연결할 수 있게 되었을 무렵부터
우리는 두려움을
아무것도 아닌 작은 끄트머리를 움켜쥔 작은 손을
틈새를 보는 법 같은 걸
알게 되었지

자연은 유리가 가둔 매끈한 풍경을
시간을
찢으며 나온다

°

찢긴 자리에서 본 풍경은 되다 만 잎들로 무성했다

서로를 횡포하게 뒤섞는 빛과 사물과 빛과 어둠과 빛과
섞이지 않는 그림자

우리는 어디에 갖다 놓아도 덤불을 보고야 마는 사물 같았다
얼기설기 얽힌 안쪽을
울퉁불퉁한 표면을 만드는
눈과 손과 귀를 가진 사물
눈이거나 손이거나 귀일 수도 있는 것을 가진 사물
거칠거칠한, 경계투성이의, 손 뻗는 곳마다 잡을 가지가
있는
허공을 아는 사물
물이나 허공이나 짐승이 될 수도 있는 어둠을
딛고 서 있는 사물

아름다움은 덩굴 속에 숨어 있다
덩굴을 잡는 손이 그것을 헝클어뜨린다
불타기 좋은 모양으로 그러모은다

사물은 언제나 기억을 배반하는 방식으로만 움직인다

네가 보는 것들이 너의 얼굴을 침범한다
너의 얼굴은 네가 보는 것들을 침범한다
여름이 유리를 침범한다

°

여름에
추위에 떠는
매끄러운 얼굴의 유리야

무성해지는 나뭇잎이 자꾸
너의 얼굴을 비껴간다
빛이 너를 빗나간다

너를 빗나간 빛이 실내의 어둠을 불완전하게 만들고 있다
얼굴은 그림자 속에서 돌출된다
붙잡을 가지가 되며 공간의 매끄러움을 방해한다

시간은 돌출된 곳을 표면 삼아 서성이고
너를 빗나간 빛이 시간의 발자국을 붙잡으려 움직인다

곧 방이 녹을 만큼 더워질 거라고
우리 중 하나가 말했지만
방을 구성하는 투명하고 매끄러운 물질에게
세계는 언제나 차갑고
추위 앞에서 깨지는 얼굴이 되는 것은 유리의 의지

부서진 새끼 유리들을 얼굴로 받아내기
만질 수 있는
돌출된 부분으로 만들기
붙잡을 가지가 많은 표면이 되기
빗나간 빛을 부르기

이것은 우리 얼굴들의 의지

시간은 돌출된 표면을 따라 이상한 방향으로 흐른다

방을 읽으면 문을 만들 수 있다
방 읽는 물질의 기분과 마음과
형태를 상상하지 않는
부드러운 의지에 따라

안쪽의 빛은 문을 가볍게 열어젖힌다
안팎은 다시 배치된다

◦ 이 글은 김유자 · 박보마 · 이나하 · 함혜경의 단체전 《Summerspace》 (2024. 4. 27–5. 11, Hall1, 유승아 기획)를 재료 삼아 쓴 것이다.

1. "한여름의 불놀이에서 가져온 그을은 화환은 일 년간 조심스럽게 보관했다. 여자아이들은 눈을 튼튼하게 하기 위해 화환 사이로 불을 지켜보았다." — 루시 리파드, 『오버레이』, 윤형민 옮김, 현실문화A, 2019.

부드러운 입구

듀얼 영원

제목 없음(2012)

> 그러나 어떤 장소에 들어가는 자는 잠시나마 그 장소의 일부가
> 되며, 그중 무언가를 기억에 담아 경계선 바깥으로 가져 나온다.
> 그런 식으로 몸과 이미지 사이에서 우리의 삶이 이어진다.
> 그것은 아직 다 부서지지 않은 것들이 자기가 아닌 무언가를
> 실어 나르는 연약하지만 끈질긴 행렬이다.[1]

영원은 변화로써만 가능한 시간의 한 상태다. 영원은 변화만이 거주하는 공간이다. 영원은 변화를 손에 쥔 채로 시간을 벗어난 하나의 장소다. 영원한 것은 오직 변화뿐이다.[2] 변화만이 진정한 영속이다. 영원은 거듭하는 변화를 통해서만 가능하다. 영원은 변화를 의미의 일부로 품을 때에만 성립할 수 있는 단어다. 너는 시청 앞을 걸으면서, 시청에서 남대문을 지나 한국은행까지 걷는 동안, 백화점 앞을 지나면서, 지하도 계단을 오르며, 지하도 입구라는 구멍을 통해 저 너머의 공간으로 도시를 마주하면서, 우체국 앞에 서서 이 문장을 여러 번 고쳐 쓴다.

서울에서 너는 뚜렷한 목적을 갖고 분명한 목적지를 향해 걸어갈 때조차 발이 닿는 모든 장소를 배회하고 있다고 느낀다. 너는 아무런 기억도 없고 얼룩덜룩한 역사도 없고 돌출된 시간도 없는 깨끗한 장소를 상상해본다. 이동의 배경으로만 기능할 수 있는 장소. 장막도 없고, 버튼도 없고, 창문도, 구멍도 없는 장소. 벽 같은 장소. 새카만 유리 같은, 그러나 마주 보는 이를 비추지 않는 장소. 광택도, 깊이도, 내부도 없는 표면. 문을 내고 싶다는 욕망을 촉발하지 않는 벽. 그 앞을 통과하는 것으로 충분하다는 기분을 주는 장소. 배회의 감각이 소멸된 장소. 너는 상상하고 또 상상해보지만 털끝 하나 알지 못하는 동물의 이목구비 같은 것을 상상하기란 불가능한 일이라는 사실만 깨닫는다. 그런 장소를 원하지는 않는다.

너는 초록색 1711 버스에서 내린다. 충분한 것 이상으로 넓은 8차선 도로가 있다. 아귀가 썩 잘 맞지 않지만 평평하다는 인상을 주기에는 충분한 보도블록들이 있다. 오래된 가로수들이 있다. 더러는 새것 같은 파사드를 덧입은, 오래되고 거대한 건물들이 있다. 반듯한 모서리들이 있다. 건물마다 들어찬 사람과 사물 들이 있다. 길목마다 서로를 스치는 냄새들이 있다. 비좁은 버스 안에서 서로를 스치는 살갗들이 있다. 광역버스를 향해 달려가는 사람들, 시선의 얽힘 없이 서로를 지나치는 얼굴들이 있다.

온통 단단한 물성으로 이루어진 도시에서, 가장

연약하고 무른 물성의 재료인 인간들을 지나치며 너는 걷는다. 일시적으로 연루되며 걷는다. 아직과 이미 사이에 놓인 찰나의 시간, 팽팽한 줄타기용 밧줄처럼 가늘고 아슬아슬하며 배신당하기 쉬운 순간을. 살아 있는 사람들이 기억하고 있는 모든 것을.[3] 이음매에서 탈구된 시간을.[4] 너는 배회하듯 시간 위를 걷고, 시간 위를 걷는다고 착각하고, 돌출된 사건들로 구성된 시간, 장소에 가까운 시간, 시간으로 빚어진 장소를 서성이다 걸려 넘어지고, 넘어진 채로 잠든다. 넘어진 자리에서 코가 깨지고, 깨진 코를 땅에 박고, 냄새 맡고, 코를 깨뜨린 땅을 쓰다듬고, 땅이 너를 쓰다듬는다고 느끼는 데서 아늑함을 찾는다.

너는 시청 앞을 걷는 동안 본다. 움직이는 나무와 사람과 차 들 사이의 고정된 장면. 색이 없는 이미지. 천에 남은 주름만이 몸의 존재를 필사적으로 증언하고 있는 이미지. 텅 빈 침대. 움푹하게 파인 두 개의 베개. 몸을 기억하는 장면 앞으로, 기억됨으로써 여전히 살아 있는 몸 앞으로 살아서 움직이고 살아서 냄새를 풍기고 살아 있어서 버석한 몸들이 지나간다. 그 장면 역시 일시적으로 이 공간을 점유했을 뿐이다. 무척 더운 날이다. 너는 드러난 어깨 위로 쏟아지는 여름 햇볕의 뜨거움을 선명하게 느끼고, 네 몸의 있음을 너무 분명하게 느낀 탓에 토할 것 같은 기분 속에서 시청 앞을 걷고 있다. 너는 눈동자를 찢으며 달려오는 것처럼 시야를 파고드는 붉은색 민소매 원피스를 입고 있다. 미래의 너는 사진 한 장 때문에 이 장면을 선명하게 기억한다고 느끼지만, 네가 입은 옷을 제외하고 이 이미지의 모든 것은 꿈보다도 멀고 흐릿한, 네가 본 적 없는 현실이다. 네 몸에 덧입혀진 붉은빛은 흑백사진 앞에서 장면의 내부로 침투하는 얼룩이 된다. 얼룩덜룩한 시간들, 장소들. 수많은 잠과 잠과 잠 들. 그것은 부드럽고 주름진 입구를 열어젖힌다.

텅 빈 침대와 두 개의 베개. 미래의 모든 사람들을 위하여, 심연의 가장자리에 거주하면서 의미를 창조하는 가능성을 설명하는 장면.[5] 비밀로 남겨질 부분을 보장받지 못하는 텅 빔. 그것은 공백을 가진 이미지다. 그것이 가진 것은 구멍 없는 공백이라서 무언가 흘러들어와 섞여버릴 기회를 제공하지 않는다. 그곳에는 누군가의 냄새가 있고, 부드러움이 있고, 광택이 있고, 열기와 온기가 있고, 베갯잇에 달라붙거나 솜에 박힌 머리카락이, 부서진 잠의 조각들을 그러모아 담는 손가락이, 잠을 덮는 푹신한 장막이 있다. 그것들은 단순하고 부드럽게 자신의 형태를 드러내 보인다. 시간을 품은 형태를. 그 장면은 일시적으로 이 공간을 점유했을 뿐이다. 그리고 장면 위로 불던 바람의 방향과 속도와 온도가 바뀌는 동안, 바람이 흔들던 나뭇잎 그림자가 사라지고 다시 만들어지는 동안, 도로가 밀도를 낮추는 동안, 그것을 바라보는 눈들이 오가는 동안 내내 너의 눈과 마음을 부분적으로 그 장면에 붙들어두었을 뿐이다.

붙들린 채로, 너는 다시 본다. 시청에서 남대문을 지나 한국은행까지 걷는 동안, 백화점 앞을 지나면서, 지하도 계단을 오르며, 지하도 입구라는 구멍을 통해 저 너머의 공간으로 도시를 마주하면서, 우체국 앞에 서서. 추운 날이었고, 너는 새파랗게 해를 거둬 가는 어린 어둠 속에서 푹푹 날리는 눈송이 너머로 그 침대를 본다. 높은 곳에 걸린 평평하고 색이 없는 장면. 문이 달리지 않은 캄캄한 구멍 같은 비밀을 가진 장면. 그 구멍으로 이곳을 지나치는 몸들의 기억이 틈입하는 장면.

책장에서 꺼낸 도록에 쌓인 10년 치 먼지를 털어내며.
이제 너는 안다.

그 장면은 겨울이 오기 전에 그곳에서 사라졌다는 사실을. 눈은 너의 기억에 뚫린 구멍으로 푹푹 내렸을 뿐이라는 것을. 전당포, 한국 부동산, 우표 사랑, 신세기 치과, 미나미 환전, 블루클럽 명동점, 굿 에스프레소 위의 한 겹으로 덧입혀진 눈이 푹푹 날린다.

제목 없음(2023)

> 시력이 약한 눈 앞에서 세계는 단단해진다.
> 보다 시력이 약한 눈 앞에서 세계는 주먹을 쥐고,
> 그보다 더 시력이 약한 눈 앞에서 세계는 수줍어하면서
> 감히 세계를 직시하려는 자를 박살 낸다.[6]

변화만이 영원 속에 머물 수 있는 유일한 상태다. 영원은 변화 속에 거주하는 시간의 이름이다. 영원은 변화 속에서만 숨이 붙어 있을 수 있는 생물이다. 영원은 변화를 덧입은 채로만 눈에 보이는 투명성이다. 영원과 변화는 한 몸처럼 붙어 있을 때에만 서로가 존재한다고 느낀다. 변화는 영원을 손에 쥔 채로 시간에 속한 장소다. 변화하는 것은 영원뿐이다. 영원만이 진정한 변화다. 변화는 거듭하는 영원을 통해서만 가능하다. 너는 시청 앞을 걸으면서, 시청에서 남대문을 지나 한국은행까지 걷는 동안, 백화점 앞을 지나면서, 지하도 계단을 오르며, 지하도 입구라는 구멍을 통해 바깥의 도시를 마주하면서, 우체국 앞에 서서 이 문장을 여러 번 고쳐 쓴다. 모든 문장에 오류가 있다고 느낀다. 어떤 문장도 영원을 설명할 수는 없다고 느끼는 동안에도 손끝에서 수정되는 문장들이 있다. 아무래도 상관없다. 너는 달아나는 이의 등을 가볍게 밀어주듯이 문장을 고치고 또 고친다. 그리고 달아나는 이의 손을 잡아끌며 앞서 달리는 문장들이 있을 것이다.

서울에서 10년, 너는 기억들이 너를 깨뜨리는 시간을 지나, 너를 부수는 기억들을 지나, 기억들이 허무는 집을 빠져나와, 기억들이 무너뜨리는 지반을 밟으며, 구멍난 벽을 입구 삼아 통과하며, 벽이라 믿었던 커튼을 열어젖히며, 기억들이 미래로부터 너를 지켜줄 것이라는 믿음을 지나 시청 앞을, 시청에서 남대문을 지나 한국은행까지, 백화점 건너편을, 지하도를, 우체국 앞을 걷는다.

너는 여전히 본다. 1991년, 2012년, 2023년. 10년 남짓한 시간이 세 겹 포개진 장소에서. 미술관은 사라지고 건물은 남아 있다. 텅 빈 침대가 있는 장면은 사라지고 장면을 지탱하던 프레임은 남아 있다. 장면을 가능하게 하던 프레임이 남아 있고 불가능해진 장면이 남아 있다. 프레임 내부는 사라지고 프레임 바깥의 건물들, 나무들, 둥글게 휘어진 유리 벽이 남아 있다. 텅 빈 침대가 있는 장면 대신 장면 전체가 텅 비워진 광고판이 남아 있다. 너덜거리는 표면으로. 그것이 눈길을 끈다면 이토록 눈을 잡아채는 이미지로 가득한 도시에서 보기 드물게 눈길을 끌 만한 것이 아무것도 없는, 누군가의 눈길을 끌겠다는 작은 불씨 같은 욕망조차 없는, 아무것도 없고 작지도 않은 텅 빔이라서, 이미지를 모두 비워낸 이미지라서, 너덜너덜한 공백이라서, 시간이 헝클어뜨린 누더기 같은 평면을 그대로 걸친 프레임이라서 그럴 테지.

너는 본다. 그 위에 덧입혀진 장면을, 여전히. 몸과

피부 들, 사라진 장소들, 변화로써 영원이 되는 살갗들, 존재를 증언하는 기억들, 평평한 흑백 이미지 속 두 개의 머리통이 어떻게 양감을 얻는지. 세 겹의 시간 사이에서 죽음과 질병의 거리가 어떻게 달라졌는지. 무엇이 달라지지 않았는지. 너는 본다. 단단하고 둥그런 형상이 아닌, 겹겹이 쌓여 달콤하게 부푸는 페이스트리처럼 부푸는 두 개의 머리통을. 시간에서 돌출된, 바삭하고 쉽게 부서지는 이미지를.

그래 너는 여전히 본다. 시청 앞을 걸으면서, 시청에서 남대문을 지나 한국은행까지 걷는 동안, 백화점 앞을 지나면서, 지하도 계단을 오르며, 지하도 입구로 뚫린 구멍을 통해 바깥의 도시를 마주하면서, 우체국 앞에 서서. 후덥지근한 날이고, 너는 낡고 피로해 보이는 분수대 너머로, 더위에 지친 채로 빠르게 오가는 사람들 사이의 고정된 레이어로, 중고차 판매 플랫폼 광고판 위에 포개진 레이어로, 여전히, 텅 빈 그 침대를 본다. 높은 곳에 걸린 평평하고 색이 없는 장면. 비밀이 보존된 장면. 이제 너 같은 이들의 기억 속에만 있을 장면. 그 장면에 뚫린 비밀, 문이 달리지 않은 캄캄한 구멍 같은 비밀로 이곳을 지나치는 몸들의 기억이 틈입하는 장면. 그 장면에 새겨진 기억이 이곳을 지나치는 몸들에 구멍을 내고 흘러드는 상태. 지나간 시간 아래로 현재를 가라앉히는, 과거보다 가벼운 장면. 중고명품매입, 사주 작명, 한국 부동산, 블루클럽 명동점,

세븐일레븐, 신세기 치과, 미나미 환전 위로 포개진 장면.
기억에 기거하며 영원한 현재가 되려 하는 고정된 시간,
기억에 속한 채로 흔들리는 장면, 흔들리며 부서지며
흐려지며 다시 빚어지며 영원에 속하는 장면을.

서울에서 10년, 너의 현재 안으로 모아들여지지 않는 시간,
이음매에서 빠진 시간,[7] 네가 가늠할 수 없는 방향으로
돌출하는 변화를 동반한 시간, 일종의 영원 속에서 너는
걷는다. 네가 만난 건 거대한 대포, 다 자란 어둠, 미숙한 빛,
비대한 웃음, 산 것들이 우글거리는 폐허, 신음의 속도로
달려가는 사막, 서울에서 10년, 너는 지쳤다, 너를 지탱하는
피로에. 피로한 너는 걷는다. 네가 만난 것들과 함께 걷고
혼자 걷고 친구들과 걷고 사랑과 함께 걷고 처음 만난 이와
함께 걷고 개와 함께 걷는다. 네가 거듭하는 영원과 이
장소가 거듭하는 영원이 부드럽게 포개지는 순간을 걸었고
부딪치며 박살 나는 순간을, 바로 옆을 지나면서도 서로를
모르는 척하는 순간을, 다 자란 어둠이 하듯이 서로를
집어삼키는 순간을, 서로를 건드리며 주름지는 순간을,
얼기설기 꿰매지는 순간을, 서로를 폭 덮고 재우는
순간을 걸었다. 네가 겪어본 적 없는 시간을 그리워하며.
너는 너와 가장 닮은 둘을 열망한다. 너는 너와 동일한
것만을 정말로 사랑할 수 있다. 너는 부서졌지만 여전히
부서지지 않은 부분을 가진 몸이다.

Double의 사전적 의미는 쌍, 이중, 변주, 표리, 주름, 역주행, 함정, 반복, 분신에 이르기까지 다양하다.[8]

Double은 우리의 삶에 고착되기 마련이다.[9]
쌍은 우리의 주름진 시간에 담긴 채로 함께 있기 마련이다.
이중은 우리의 동일성에 포개지기 마련이다.
변주는 우리의 삶에 들러붙기 마련이다.
표리는 우리가 한데 섞어놓은 것들의 이름이다.
주름은 우리가 머무는 공간이다.
역주행은 우리가 사랑하는 운동이다.
함정은 우리가 서로를 닮는 방식이다.
반복은 심연의 가장자리에 거주하면서 의미를 창조하기 마련이다.
분신은 박살 난 둘이 세계를 직시하는 방법이다.

둘은 언제나 함께 없다.
둘은 언제나 함께 있다.

* 이 글은 펠릭스 곤잘레스-토레스(Félix González-Torres) 개인전 《Double》(2012. 6. 21–9. 28, 플라토)의 일환으로 서울 시내 곳곳의 전광판에 설치된 작품 〈무제(Untitled)〉 중 태평로빌딩과 명동 신세계백화점 맞은편 중앙우체국 설치물, 2023년 5월에 본 같은 장소의 풍경, 그리고 이승훈의 시 「10년」(『당신의 방』, 문학과지성사, 1986)을 재료 삼아 쓴 것이다.
* 고딕체로 표기한 부분은 이승훈의 시 「10년」에서 가져온 것이다.

1. 윤원화, 『껍질 이야기, 또는 미술의 불완전함에 관하여』, 미디어버스, 2022.
2. "펠릭스에게 작품의 가장 중요한 개념은 영원한 것은 오직 변화뿐이라는 생각입니다." — 안드레아 로젠과 안소연의 인터뷰, 『펠릭스 곤잘레스-토레스, Double』, 플라토, 2012.
3. 리베카 솔닛, 『이것은 누구의 이야기인가』, 노지양 옮김, 창비, 2021.
4. 자크 데리다 · 마우리치오 페라리스, 『비밀의 취향』, 김민호 옮김, 이학사, 2022.
5. 니콜라 부리오의 『관계의 미학』(현지연 옮김, 미진사, 2011)에 인용된 코르넬리우스 카스토리아디스의 말을 재인용.
6. 프란츠 카프카, 『카프카의 아포리즘』, 편영수 옮김, 문학과지성사, 2021.
7. 주석 4와 같은 책.
8. 안소연, 「전시를 개최하며」, 주석 2와 같은 책.
9. 주석 8과 같은 글.

펠릭스 곤잘레스-토레스, 〈"무제(Untitled)"〉, 1991
전광판, 설치에 따라 크기 상이
한국 서울, 중앙우체국 인근에 설치됨.
《Double》(플라토미술관 & 리움, 서울, 2012. 6. 21-9. 28, 기획: 안소연) 전시의 일부로,
한국 전역 여섯 곳의 야외 광고판 중 하나.
사진: 김리윤, 제공: 펠릭스 곤잘레스-토레스 재단

펠릭스 곤잘레스-토레스, 〈"무제(Untitled)"〉, 1991
전광판, 설치에 따라 크기 상이
한국 서울, 태평로빌딩 외벽에 설치됨.
《Double》(플라토미술관 & 리움, 서울, 2012. 6. 21–9. 28, 기획: 안소연) 전시의 일부로,
한국 전역 여섯 곳의 야외 광고판 중 하나.
사진: 김상태, 제공: 펠릭스 곤잘레스-토레스 재단

미만의 미정

미정은 정리에 서툴다 못해 정리를 무시무시한 것으로 여기는 사람이었는데, 그래서인지 이따금 무언가에 사로잡힌 것처럼 정리를 시작하고 홀린 것처럼 몰두하곤 했다. 정리란 거대한 촉감 상자에 손을 넣어 더듬다가 온몸이 상자 안에 있음을 깨닫게 되는 것 같은 일이었고, 그것은 미정이 시간에 대해 느끼는 감각과도 비슷했다. 중구난방 배치된 시간들이 떠도는 허공을 더듬기. 손에 닿은 파편을 복원하기. 복구된 것을 즉시 버리기. 손상된 것을 그대로 보관하기. 손에 닿는 순간 쥘 수밖에 없는 것과 접촉하기. 알 수 없는 것을 주머니에 넣기. 본다는 감각을 잊기 위해 애쓰기.

9월이나 10월 어느 날이었던 것 같다. 좀 쌀쌀한 날이었다고 생각했는데 서랍을 정리하다 찾은 브로슈어를 보니 그날은 쌀쌀했을 리가 없는 한여름이었다. 7월, 아니면 8월이었을 것이다. 어쩌면 7월이나 8월, 9월이나 10월 모두였을 수도 있다. 미정은 '블루'라는 제목이 붙은 두 편의 영화를 다른 시간에 같은 장소에서 보았고 그 사이에는 몇 년의 시간이 있었는데, 거기 놓인 모든 날짜와 시간을 파랑이라는 상태가 집어삼키고 있는 것 같았다.

파랑의 새파랗고 어두운 입안에 웅크린 날들.
블루스크린 앞에서 파란색 옷을 입은 이의 몸을 삭제하듯이 얼굴과 손만 남아 있는 날들. 삭제된 부분의 몫까지 더하여, 파편으로 떠도는 부분에 대한 세부를 포함한. 점차 자욱해지는 파랑이 있고, 그 색채의 밀도와 밀도가 구성하는 허공이 시공간을 뒤덮고 환경을 만들고 환경에 맞춰 온도까지 바꿔버린 것 같았다. 오직 새파란 색의 이미지만이 또렷했다. 그것이 블루라는 단어에서 비롯된 것인지, 새파란 스크린에서 새어 나온 것인지, 새파란 공기를 느꼈던 살갗에서 비롯된 것인지 무엇도 확실하지 않았다. 블루. 파랑. 미정은 두 단어를 손가락으로 지그시 누르듯 되뇌어본다.

블루를 보는 일은 그림자 속에 아는 것을 모조리 집어넣는 일과 같다. 그림자의 너비와 부피는 몸의 움직임을 따르며 변화한다. 가변 크기의 공간. 더 보는 일, 이쯤이면 다 봤다 싶은 자리에서 더 머물고 더 보는 일을 통해 보는 것에서 벗어나기. 눈에 보이지만 아무것도 부수지 않는 손상을 그냥 보기. 그림자를 보기. 사이에 놓인 우리가 그림자 속에 던져 넣은 것들을 보기. 미정은 눈을 뜨고 있는 시간에는 어쩔 수 없이 떠도는 먼지 한 올 한 올을 따라가며 보게 되고야 마는 사람을 안다. 그런 것을 놓칠 수 없는 눈을 안다. 그 난처함과 곤경을 안다.

파랑은 언제나 미정의 상태에 있다. 꿈과 현실 사이의, 불면과 가수면과 선잠 사이의 파랑. 새벽과 아침 사이의, 해 질 녘과 밤 사이의 파랑. 모니터 안에서 오류를 알리며 모든 작업을 유예 상태로 돌려놓는 블루스크린. 크로마키 작업을 위한 바탕으로서의 파랑. 수면과 물의 바닥 사이에 놓인 파랑. 시각과 비시각 사이에 놓인 파랑. 거의 보이지 않게 된 이에게 유일하게 볼 수 있는 허공으로 주어진 파랑. 허공을 보이는 것으로 채색하는 파랑. 파랑은 미정의 상태에 놓여 있다. 파랑은 미정의 상태를 만든다.

서울 한복판에 있는 거대한 미술관이라는 것은 몸을 의식하지 않고 머물기에 더할 나위 없는 장소죠. 그렇지 않아요? 미정이 물었을 때 나는 별생각 없이 고개를 끄덕였던 것 같다. 그러나 고개를 끄덕이며 문득 손끝에서 흩어지는 담배 연기, 연기의 윤곽을 선명하게 도려내며 배경으로 존재하는 미술관 주차장의 거대한 어둠을 봤을 때. 고개를 돌려 건물 외벽이 만드는 거대하고 밝은 평면과 그 뒤로 늘어선 오래된 나무들과 궁궐의 기다란 돌담을 봤을 때에는 과연 그렇다는 생각이 정말로 들었다. 이렇게 거대한 것, 영원히 이 자리에 이대로 있을 것 같은 커다란 물질의 내부에 풍성한 가변성이 도사리고 있다는 사실. 그것이 생생하게 보이는 것 같았고 어쩐지 편안하게

느껴졌다. 물질로서의 몸을 가진 우리가 신체 아닌 일종의
규격으로 존재한다는 느낌이. 크고, 넓고, 높지 않고, 깊숙한
이 공간이.

물질로 존재한다는 것은 대부분 끔찍한 일이다. 물질로서의
타인을 의식하는 일도 마찬가지다. 이렇게 많은 몸들이
흘러가고 있는데 대부분의 몸들은 풍경이 되고, 풍경은
세트장의 얇은 배경지와 같아서 끝없이 말려 올라가고 말려
내려오며 교체된다. 다른 풍경을 가리고 있을 때에만
일시적으로 볼 수 있고 의식할 수 있는 표면이 될 뿐이다.

우리는 일시적인 벽과 일시적인 문을, 일시적으로
어두운 복도를 지나며 걸었다. 기둥이나 계단같이 공간
전체의 순간성을 허무는 견고한 물체들을 지나며 걸었다.
모든 것이 미정의 영역을 내포하고 있는 공간에서
아늑함을 느끼며. 그러나 에스컬레이터를 내려가 넓거나
좁은 복도를 지나고, 계단을 올라 스크린에 집중하기 위해
애쓰기 시작했을 때. 우리에게 주어진 공간이 의자 하나의
규격으로 조그마하게 뭉쳐지는 동안, 우리는 점점 더
몸을 의식하게 되었다. 우리가 내는 발자국 소리가, 기척이,
동선이, 우리 사이의 자그마한 허공을 떠다니는 체온 같은
것들이 공간에 구체를 새겨 넣고 있었다. 현실을 발생시키고
있었다. 미정의 손목뼈가 움직이는 방향 같은 현실을.
만질 수 있는 현실을.

미술관 내부의 상영관은 가파른 배치의 객석을 갖고

있다. 단차가 큰 편이라 앞사람의 머리통이 조금도 스크린에 개입하지 않는다. 미정은 서로에게 개입하지 않으며 부드러운 높낮이로, 불규칙적인 높이와 각도로 배열된 머리통들이 모두 같은 파란빛으로 허물어지던 순간을 이상할 정도로 또렷하게 기억한다고 했다. 깨끗하게 파랑으로 비워진 직사각형, 비물질의 파랑, 떨리며 직사각형 바깥으로 퍼지는 빛만이 깨끗함에 균열을 내던 장면을. 너무 또렷한 나머지 그것이 꿈에서 본 장면인지 현실에서 본 풍경인지 기억나지 않는다고. 그러나 감독의 말처럼 현실이란 원래 지금 이 순간에 존재하는 것은 아니지 않겠느냐고. 영화 역시 허구로부터 실재를 창조하려는, 뒤집힌 과정에 불과할지도 모른다고.[1]

불이 꺼진다. 화면 속의 몸은 파란 담요를 덮고 잠들어 있다. 파랑은 중간으로서 파랑 이전의 모든 것을 삭제한다. 파랑 안으로 걸어 들어가면 모든 것이 일시적인 형상에 지나지 않게 된다. 미정은 파란색을 사방으로 퍼뜨리는 거대한 스크린 앞에서 파랗게 일렁이는 자신의 손을 본다. 흘러내릴 것 같다. 녹아버릴 것 같다. 주변으로 번지다 주변과 분간하게 될 수 없을 것 같고, 종국에는 주변이라는 개념 자체를 지워버릴 것 같다.

새파랗게 깜빡이며 흘러내리는 프레임. 옆자리에 앉은 이의 윤곽 위로 생성되는 새파란 유막. 앞쪽으로 늘어선 머리통들이 새파랗게 떨리는 윤곽으로 변주된다. 새파랗게 흩어지는 빛과 섞인다. 비결정적인 파랑이 미정이라는 물질의 테두리를 넘어 다니고 있었다. 빛을 퍼뜨리며 어둠을 밀쳐내는 얼굴을 향해. 눈동자까지 기어이 도달하는 빛에 속한 얼굴을 지나치며.

미정과 나는 잠든 사람을 본다. 그이는 새파란 담요를 덮고 있다. 얼굴을 반쯤 가릴 정도로 깊숙하게. 겨우 드러난 귀밑머리는 드문드문 하얗다. 그리고 드러난 몸의 중심에서 아주 조그맣게 피어나는 불. 씨앗을 파종하듯이, 겨우 싹을 틔운 하나처럼 불은 자란다. 불타며 넓어지며. 공간을 집어삼키는 동시에 공간을 넓히며 타오르는 것이 불의 속성이므로.

잠든 사람의 몸은 규칙적으로 작은 높낮이를 만들며 움직인다. 일렁이는 장막 속의 풍경들. 풍경 위로 일렁이는 불 그림자. 불은 앞으로 나아가고 풍경은 말려 올라간다. 장면이 바뀔 때, 풍경과 연결되어 있는 것처럼 잠든 이의 눈꺼풀 역시 말려 올라가 있다. 얇은 막을 말아 올리는 것만으로도 속한 장면을 바꿀 수 있나? 그러나 그것은 우리의 눈꺼풀이 언제나 하는 일이다.

자연을 하나의 얇은 막으로 대하거나, 얇은 막 하나를 자연으로 대하거나. 불은 투명한 레이어 너머로 유리된 것처럼 잠과 무관하게 타오른다. 미정은 잠든 사람과 불

사이의 투명하고 철저한 공간을 납득한다. 볼 수 있지만 가해지지 않는 종류의 손상을 행하는 불을. 불이 속한 잠과 현실 사이의 공간을.

의자 사이의 팔걸이 위에 놓인 미정의 손은 조금 전에 맞은 비 때문에 축축했고 비의 표면에 덧입혀진 에어컨 바람의 냉기로 차가웠다. 습기와 냉기를 덧입은 새파란 피부. 그 피부의 내부에 도사리고 있을 온기가, 그것이 건물 바깥의 비가 그친 여름에 던져지면 불처럼 자랄 것이라는 사실이, 조명처럼 피부 안쪽에 안전하게 머물 정도로만 자랄 거라는 사실이 어쩐지 우리를 안심시키는 것 같았다. 그 불로부터 보호받는 것 같은 얼굴이. 밤과 밤 아닌 것 사이의 빈틈에 머무르고 있다는 사실을 상기시키는 파랑이.

우리는 또 다른 날 같은 어둠 속에 앉아 두 개의 별로 환생한 두 사람이 더 이상 존재하지 않을 때까지 몇 세기에 걸쳐 서로에게 자신의 이야기를 들려주는, 아주 조그마하고 빛나는 입자들이 떠다니는 시간과 공간을 보았다.[2] 기억으로 자욱한 공간. 공간을 떠다니는 잠. 잠들로 얼룩진 베개. 그리고 이 모든 것으로 얼룩진 미정의 얼굴을 보았다. 어떤 무늬의 얼룩이 덧입혀질지 정해지지 않은 얼굴을. 눈밭에 새겨진 발자국이 있다면. 눈과 발이 몸을 바꿔 서로에게 자국을 남길 수 있다면, 그런 부드러운 발자국, 눈이 발에 남긴 것 같은 가볍고 연약한 자국으로 가득한 얼굴을.

우리는 누구의 것인지 정해지지 않은 기억들을

되풀이하며 본다. 언제나 파란 공간에 놓인 몸들을.
시간들이 앉아 있다. 시간의 머리통을 새파랗게 물들이며
풍경은 흘러간다. 고개를 돌려 옆을 보니 미정은 어느새
잠들어 있었다. 잠든 얼굴은 부드럽게 가라앉아 따뜻한 숨을
내쉬고 있었고 그 얼굴을 점령한 파란색 때문에 몸의
온기와 곡선과 부드러움이 새삼스러운 것으로 느껴졌다.
극장에서 드는 잠은 잠과 깸 사이에 부드럽게 걸쳐져
있다. 잠 속에서 잠든 이는 무엇도 결정되지 않은 상태에,
어디에도 속하지 않은 상태에 아늑하게 걸쳐져 있을
것이다.

잠에서 깬 미정은 손금 사이에 고인 파란빛을 들여다본다.
가늘고 조그마한 빛. 사이에 있는 파편들에게는 자신이 처한
사이가 거대한 공간으로 느껴질 것이다. 가늘고 조그마한
사이. 얼마나 작은지를 감각하는 것이 미정에게는 언제나
중요한 일이다.

미정의 손금에는 극장에 들어오기 전에 맞은 비의
습기가 잔류해 있다. 미정의 팔에도. 미정의 얼굴과
목과 발목에도. 그것은 쉽게 간지러움을 탈 것이고, 이곳의
공기가 조금 차갑다고 느끼고 있을 것이고, 평소처럼
부주의하게 캄캄한 복도를 나서다가 어딘가에 부딪치면
통증을 느낄 것이다. 볼 수 있지만 느낄 수 없는, 꿈이
행하는 손상과는 반대로. 미정은 아무것도 정해지지 않은
부드러운 높이를 느낀다. 우리가 부드러운 높낮이로

스크린을 향해 흘러내릴 때, 스크린 역시 우리를 향해 흘러내린다.

어제 있었던 일이 모두 사라진다면, 어제도 오랜 옛날이다.[3] 극장을 나와 담배를 태우던 미정은 어느 소설에서 읽었다는 문장을 들려주었다. 우리는 담배를 더는 입으로 가져가지 않고 두 손가락 사이에 쥔 채로, 뭔가에 홀린 듯이, 손끝의 새하얀 길을 따라 조용히, 한 방향으로, 가느다랗게 자라는 조그만 불을 지켜보았다.

미정은 정리에 서툰 사람인데 그래서인지 이따금 뭔가에 홀린 듯이 새로운 몸에 휩싸이게 된다. 파랑, 사이에서만. 사이의 공간에서만. 뭔가에 홀린 사람의 몸은 언제나 부드럽고 가볍고 깨끗한 법이다. 그런 몸은 움직임을 따른다. 얇은 막을 가볍게 밀어 올리며, 눈을 뜨며, 보이는 것을 보며, 보이는 것을 궁금해하지 않으며, 유실을 용인하며, 의미를 파악하지 않으며, 이해하지 않으며, 다만 보며. 시간을 털어내며. 서로를 겹치며 비로소 보이게 되는, 가벼운 몸으로. 눈꺼풀이 세계와 접촉하는 시간만큼의 크기와 무게로.

* 이 글은 아피찻퐁 위라세타쿤(Apichatpong Weerasethakul)의 〈블루(Blue)〉(2018, 12분 16초)와 〈에메랄드〉(2007, 11분), 데릭 저먼(Derek Jarman)의 〈블루(Blue)〉(1993, 79분)를 '국립현대미술관 서울 필름앤비디오 상영관'이라는 공간을 재료로 쓴 것이다.

1. 아피찻퐁 위라세타쿤의 인터뷰 영상에서 발췌.
2. 영화 〈에메랄드〉(아피찻퐁 위라세타쿤, 2007).
3. 다와다 요코, 『지구에 아로새겨진』, 정수윤 옮김, 은행나무, 2022.

아피찻퐁 위라세타쿤의 영화 〈블루〉(2018)의 프로덕션 스틸

제공: 아피찻퐁 위라세타쿤

데릭 저먼의 영화 〈블루〉(1993)의 상영관 전경

35mm, 컬러, 서라운드 사운드, 35mm 프린트에서 4K로 디지털화한 설치 작품.

제공: Basilisk Communications

두려움과 함께 보기

> 세계를 묶어주는 것은 장애물이며, 구조를 말할 수 있는 한, 장애물들이 세계에 구조를 부여한다, 장애물들은 앞으로 무엇이 장애물이 되고 되지 않을 것인지를 결정한다, 이것이 되든, 저것이 되든, 나쁜 늑대가 되든, 빨간 두건이 되든, 어느 쪽은 될 것이며, 어느 쪽은 되지 않을 것인지, 어디로 갈 것인지, 어디에서 멈출 것인지, 혹은 어디에서 시작할 것인지, 과연 시작이라도 할 것인지, 아무것도 없다.[1]

> 미래는 오로지 우리가 현재 지닌 두려움과 희망의 형태로만 현실성을 지니며, 과거는 기억으로만 존재한다. (…)
> 제4의 철학 학파의 대표자들은 이미 모든 시간이 지나갔으며, 우리의 삶이란 돌이킬 수 없는 과정의 여운이 비치는 것일 따름이라고 주장한다.[2]

너는 언제나 불빛의 가장자리에 서 있다. 침침한 빛과 희미한 어둠 사이. 꾹 눌러 밟고 있어도 언제나 움직이는 가장자리, 희부옇게 번지는 테두리의 시간에. 너는 언제나 너무 많은 종류의 미래를, 너무 많고 미세한 세부를 상상하기 때문에 막상 도착한 미래 속에 있을 때에는 돌아왔다는 느낌을 받는다고 했지. 낯선 미래는 없다,

미래는 언제나 손에 익은 물질이며 기시감을 유발하는 이미지다. 낯선 것은 차라리 과거다. 너는 언제나 현재와 친해지려 애쓰지만 그건 매 순간 발아래서 어슴푸레함으로 도망가는 가장자리에 가깝다고 했지. 마주 앉아 어색한 침묵을 견디듯이 너는 쉴 새 없이 발을 조정한다. 혀끝의 말을 굴린다.

너는 배수구에 엉킨 머리카락을 맨손으로 떼어내기 위해 욕실 바닥에 쭈그리고 앉은 사람 같은 얼굴과 눈빛으로, 구부정한 자세로 미래에 대해 말하곤 했다. 네 눈이 가질 수 없었던 선명도를 갖고 눈앞에 있는 것을 다시 보듯이. 확대경으로 들여다본 이구아나의 피부나 거미의 털북숭이 다리 같은 것, 언젠가 인쇄소에서 루페로 들여다보았던 종이의 질감 같은 것을 보듯이. 손에 닿는 종이의 매끈함, 그리고 눈앞에는 만약 네가 아주 작은 벌레의 몸을 가졌다면 기대어 잠들 벽이 될 수도 있을 것 같은 거친 요철들. 촉감과 장면 사이에 놓인 간격. 그런 공간은 두려움이 고이기에 좋다. 너는 그런 공간 앞에 놓인 얼굴을 마주하듯이, 같은 얼굴이 되어가며 사랑하듯이 본다.

상상 속에서 보이는 것은 언제나 네가 만지는 촉감과 네가 느끼는 온도를 초과해 있다고, 무시무시한 것을 본 얼굴로 너는 말했지. 그것은 미래에 한해서만 가능한 보기다. 미래의 해상도에 비하면 현재는 바닥에 엎질러진 액체처럼 느껴진다. 어딘가 옮겨 담으려 하면 증발하거나 사방으로 흐르거나 틈새로 스며든다. 액체의 색깔에 바닥이 얼마나 섞여 있는지 분간할 수 없다. 미래의 선명함은 눈이 가질 수 있는 종류의 것이 아니다.

"때때로 나는 우리 뇌에 저울이 있고, 이 저울의 한쪽에는 두려움이, 다른 한쪽에는 상상력이 있다고 생각하곤 한다."[3] 어떤 극의 대사를 읊어주었을 때, 너의 얼굴은 두려움 쪽으로 완전히 기울어진 저울을 가진 것처럼 보였다. 완전히 기울어진 나머지 반대편에 올라갈 물질의 종류도 무게도 부피도 상관없어진 얼굴. 너는 기우뚱한 자세로 상상한다. 우리를 상상하고, 우리가 속할 미래를 상상하고, 우리를 말하기 위해 필요한 미래를, 그곳에서 몸을 둘 장소를, 장소로서의 몸을 상상한다.

도시에는 밤이 없다고 너는 말했지. 밤 대신 어두운 조명만이 있는 것 같다고. 너무 어슴푸레한 어둠. 너무 어슴푸레한 밝음. 환하다고 하기엔 너무 회색인, 캄캄하다고 하기에도 너무 회색인 시간. 그런 시간 속에서 클럽은 끊임없이 사진을 찍어내는 거대한 추상화 기계라고. 안개가 피어오르고, 천장을 올려다보면 불빛이 보이는 가장자리에 있고, 그 안에서는 무형의 것들이 반짝이고 깜빡거린다.[4] 지하로 통하는 입구들은 밤새 열려 있고, 바깥은 어두운 조명인 채로 지속되고, 안쪽에서는 작은 빛들이 우글거린다. 너는 작은 빛들이 우글거리는 곳을 안쪽이라고 느낀다. 입구는 사람들을 구부정한 뒷모습으로 집어삼킨다. 어두운 조명의 가장자리로, 바깥으로, 연약한 불빛 속으로 몸들을 밀어 넣는 거대한 추상화 기계.

언제나 눈을 감는 것으로는 부족했지. 눈을 감는 일은 눈꺼풀의 두께를, 연약함을, 우리가 가질 수 있는 어둠이 얼마나 얄팍하고 반투명에 불과한 것인지를 실감하게 할 뿐이었지. 우리의 눈꺼풀은 언제나 떨렸지. 어둠 역시 떨렸지. 우리는 떨리지 않는 어둠을 원했다. 미동 없는 어둠을 원했다. 몸을 잊을 어둠을 원했다. 우리에게는 스스로 추상이 되기 위해 기계 안으로 걸어 들어가는 시간이 필요했다. 같은 어둠과 같은 빛을 뒤집어쓰며, 같은 빛의 움직임 아래서 제각각 춤을 추며, 휘청거리며, 구부정대며, 떨며, 허물어지며, 몸의 바깥을 분명히 느끼며 몸을 잊어버리는 시간이. 깜빡이는 빛이 있고 희부연 가장자리가 있고 가장자리 너머에는 우리를 푹 담가둘 어둠이 있는 추상이.

푸르고 붉은 인공 빛 아래서 우리는 서로의 얼굴을 잘 마주 볼 수 있었지. 내일은 언제나 보이는 것보다 가까이 있었지. 가까이서 우리를 마모시키고 있는 것 같았지. 우리는 닳고 닳은 어깨로 서로에게 기대어 술을 주문하고, 플라스틱 잔을 들어 올려 시원찮은 소리를 내는 테두리를 부딪치며 웃었지. 슬퍼했지. 내일 너머의 미래는 먼 벽처럼, 먼 벽이 만드는 새카만 소실점처럼 있었지. 그런 이야기를 하는 대신 피로한 아기 같은 얼굴로 내일을 떠들고 내일을 여럿으로 늘려보려 애썼지. 살아 있는 일에 대해 굳이 말하지 않았지.

우리는 서로의 자세를 수선하며, 서로의 몸을 선명하게 빚으며, 서로의 몸을 실감하며, 서로의 몸을 생생한 추상으로 만들며, 생생함과 선명함을 맞바꾸며 몸을 잊었다. 몸을 잊으며 우리를 우리라고 부를 수 있었다. 우리라는 호명을 소리로 만들 때 모여드는 조그마한 소음들을 다 껴안으며. 우리라는 안쪽이 좁아지게 하는 공간의 구획을, 우리라는 안쪽이 움직이게 만드는 테두리를 생각하며. 술잔을 부딪치고 법석을 떨며.

너는 여전히 구겨지듯 걸어 다니며 미래를 말하고, 미래를 말할 때 기우뚱한 목소리가 되는지. 아픈 짐승을 껴안고 무거운 자세로 잠을 청하는지. 피로한 꿈을 꾸고 피로한 얼굴로 모든 꿈을, 꿈의 세부를 다 기억하는지. 그걸 세계와 포개어 보고 있는지. 알 수 없는 것을 알 수 없는 채로 내버려두며 이해하는지. 이해할 수 없는 것을 이해할 수 없는 채로 내버려두며 알게 되는지. 모르는 이해와 이해할 수 없이 아는 것 사이에서 자라고 있는지. 안전하지 않은 구역에 있는지. 많은 것이 무섭고 또 더러운지. 무서운 것에도 더러운 것에도 침식되지 않은 새 친구들, 오래된 친구들과 함께 있는지.

여전히, 어쩌다 보니 살아남은 사람이 되어버렸다는

기분 속에 있는지. 피구 경기가 한창인 체육 시간, 멈춘 것들과 멈추게 될 것들의 동작이 뒤엉키는 운동장. 너는 시간을 함부로 다루듯이 발생하는 동작들 사이에 선 채로 헤맨다. 너는 사람을 맞히기 위해 날아다니는 공들을 멀거니 서서 보고 있다. 너의 얼굴은 피로하고, 그 피로가 너를 유령처럼 보이게 한다. 너는 유령이 되어 살아남는다. 살아남은 자가 된 너는 즉시 발각된다. 사방이 너를 노출한다.

그래 너는 여전히 살아남은 사람이 되어 원한 적 없는 낯선 곳에 와버렸다는 느낌 속에서 발등에 먼지를 쌓고 있는지. 자리를 정리하고 무릎을 털고 일어나 다른 곳으로 뚜벅뚜벅 걸어가는 사람들 속에 섞여보기도 하는지. 그려둔 너의 모습이 없는 미래를 생각하며 안도하는지. 네가 보는 구체성 바깥에서 미래는 언제나 조금씩 움직이는 중이라는 걸, 그걸 다 볼 수는 없다는 걸 알게 되었는지. 세계가 아무리 낡거나 닳았다 해도 여전히 네가 매만지며 소모할 귀퉁이가 남았다고 믿는지.

*

나는 거대한 사진 앞에 있다. 충격적인 선명도를 가진 세부들. 아주아주 작은 픽셀들이 우글거리며, 서로를 껴안으며, 어깨를 맞대며 무한을 보여주는 것 같은 해상도. 있는 그대로의 눈이 가질 수 없는 물질적 현실.

붉은 어스름. 텅 빈 시간을, 없는 공간을 에워싸며 무언가 있게 만들 안쪽을 생성하는 테두리. 공간을 호명할 수 있게 만드는 테두리. 음악을 이루던 모든 소리가 갑작스러운 정적이 된 자리에 발생하는 텅 빈 안쪽이 있다. 우리는 떠난다. 다른 사람 없이는 떠나지 않는다. 하나를 이루던 여기에서. 우리를 우리라고 부를 때, 하나가 가면 다른 하나는 가지 않는다.

갈 시간은 찾아오고, 가야 하는 사람들이 있고, 그들이 보고 싶어 하는 것이, 그들의 원하는 눈을 따라 옮겨지는 사물이, 꿰매지는 풍경이, 이동하는 몸이, 지금도 움직이는 미래가 있을 때. 음악을 이루던 소리들이 모두 변할 수 없는 하나라는 듯이, 하나의 시간을 결연하게 종료하듯이 사라질 때. 우글거리는 시간을, 구깃구깃한 공간을 펼치며 텅텅 비울 때. 비워진 자리에 누군가가 놓고 간 겉옷의 구겨짐이 없는 몸을 증언하며 있을 때. 몸들이 사라진 자리에서 냄새들이 소란한 그림자를 만들 때. 뒹굴던 먼지들이 서로에게 발각될 때. 조그마한 소음들이 하나둘 테두리 안쪽으로 모여들 때. 꺼지지 않은 조명들은 아침 햇빛의 붉음과 뒤엉키며 창백해지고, 정지한 미러볼은 어색하게 자연광을 반사하며 빛날 때. 아침에 침범당하지 않으려 빛나는 어슴푸레함 속에서. 아무도 다른 사람 없이는 떠나지 않는다.

이제 여기엔 무겁고 오래된 자세로 잠을 청하는 사람들이 있다. 나는 낡고 늙은 너의 얼굴에서 내 얼굴을 발견한다. 되찾는다. 발견은 언제나 되찾는 일이기도 하다는 것을 기억해 낸다. 기억한다. 나는 일어나서 사랑을 되돌아본다.

얼굴은 서로의 장애물들로 있었다. 세계는 간소하고 소박한 구조였다. 우리의 발이 접할 영토가 발바닥 주변으로 자라고 있었다. 땅이 우리의 웃음을 묻는다. 우리의 슬픔을 묻는다.[5] 강도, 경도, 탄성, 연성 같은 땅의 성질 때문에 우리는 발바닥이 얼마나 부드러운 물질인지를 처음으로 실감하고 있었다. 물질의 연약함 때문에 애 닳는 일을 알아버린 얼굴로 헤매며 서 있었다. 그런 얼굴들이 장애물로 배치되고 있었다. 생겨나는 매듭이 발바닥을 간지럽히고 있었다.

우리는 일어나서 사랑을 보았다. 매듭은 조금씩 움직이고 있었다. 우리는 그걸 딛고 서서, 장애물 사이로 기우뚱하게 서서 서로의 구조가 되고 있었다. 눈을 감으면 눈꺼풀이 떨렸다. 벌어지려는 것처럼, 모든 것을 다 보려는 불가능을 향하여. 눈꺼풀 안쪽의 밝은 눈동자로. 안전한 구역의 눈동자로. 무섭고 더러운 것들이 많았다. 그래도 곳곳에서 일어나는 사람들이 있었다. 같은 노래를 부르며. 장애물이 되려고. 서로의 구조가 되어주려고. 시간의 무구한 얼굴로. 서로를 꽉 쥔 늙고 닳은 손으로. 우리가 우리를 호명하는 마음이 장애물이 놓일 세계를 만들 때, 우리가 우리를 부를 때 지나가는 시간 속에서.

우리는 모두 일어나 사랑을 본다.

* 고딕체로 표기한 부분은 존 애시버리(John Ashbery)의 시 「How to Continue」를 인용 또는 변용한 것이다.
* 이 글은 볼프강 틸만스(Wolfgang Tillmans)의 전시 《To look without fear》 중에서 사진 〈Wake〉(2001), 이민휘의 앨범 《미래의 고향》(미러볼뮤직, 2023), 존 애시버리의 시 「How to Continue」를 재료 삼아 쓴 것이다.

1. 크러스너호르커이 라슬로, 『세계는 계속된다』, 박현주 옮김, 알마, 2023.
2. W. G. 제발트, 『토성의 고리』, 이재영 옮김, 창비, 2019.
3. 엘 콘데 데 토레필(El Conde de Torrefiel), 〈정원에서 숲을 호흡하듯이〉, 옵/신 페스티벌, 2023.
4. "저에게 클럽은 끊임없이 사진을 찍어내는 거대한 추상화 기계입니다. 안개가 피어오르고 천장을 올려다보면 불빛이 보이는 가장자리에 있는 경우가 많죠. 그 안에서는 무형의 것들이 반짝이고 깜빡거립니다." — 볼프강 틸만스의 인터뷰에서 발췌함.
5. "어느 밤에 만난 이가 / 너의 슬픔이 진짜냐 물으면 / 너의 웃음이 진짜냐 물으면 (…)" — 이민휘의 노래 〈무대륙〉(《미래의 고향》, 미러볼뮤직, 2023).

볼프강 틸만스, 〈Wake〉, 2001
제공: Galerie Buchholz

구하는 잠

당신은 잠에서 도망치듯이 다른 잠을 향해 가는 방식으로만
잠들 수 있지요. 선생님, 저는 당신이 잠에서 깨어나는
것을 지켜보고 있던 눈입니다. 무례를 용서하세요. 저 역시
이 해변의 많은 이들처럼 집에서 멀어진 몸을 햇볕 아래
마구잡이로 던져놓고 녹아내리도록 가만히 두었을
뿐입니다. 뜨거운 모래알 사이로 흐르고 달라붙어 뒤엉키며
데워지는 몸을 느끼는 것이, 느낌도 희미해지고 종국에는
몸이 있었다는 기억마저 잊어버리는 일이 한심스럽고
좋았어요. 그리고 덩그러니 남겨진 두 눈이 데구룩데구룩
모래 위를 구르다가 선생님의 손에 부딪친 것이었지요.
조금 그을린 듯한, 축 늘어져 있던 손가락은 시선에
반응하듯 별안간 이상한 박자로 움직이기 시작했고요.
그것은 움직임이라기보다 깜빡임에 가까운 동작이었어요.
선베드 끝자락에 걸쳐진 그 손가락은 빗방울이 창문을
건드리듯 조심스럽게 허공을 두드리며 깜빡였지요.
허공이란 아주 깨지기 쉬운 물질인 것처럼 조심스럽게,

그러나 손상되지 않은 허공이 자신의 존재를 알아차려주길 바라는 것처럼 분명하게요.

그 손가락이 건드리고 있는 것이 당신의 잠이라는 것을 깨닫기까지는 얼마간의 시간이 필요했어요. 물론 선생님의 손가락 역시 저처럼 최선을 다해 집에서 멀어진 사람이 데려온 물질이라는 것은 보자마자 알았지요. 그런 것을 알아채는 데에는 생각도 몸도 필요하지 않은 법이니까요. 최선을 다해 집에서 멀어진 사람들의 몸이란 어설프게 노끈으로 동여맨 헝겊 꾸러미 같은 것이기 때문일까요. 멋대로 흩어지고, 분실되고, 너덜거리고, 한 조각이 빠져도 즉시 그것을 잊어버리고, 온전한 형태가 희박해지고, 일부를 줄줄 흘리면서도 잘 걷는 손에 자신을 내맡긴 채 운반되기 때문일까요. 그 손은 이런 방식으로 당신을 들고 걷는 무심하고 믿음직한 몸 같기도, 헝겊 뭉치를 빠져나와 제멋대로 배회하며 휴양지를 떠도는 작은 새 같기도 했지요. 종잡을 수 없는 방식으로 동작하는 새. 예측 불가능한 방향으로 움직이는 새. 너무 소심해서 다른 허공을 건드릴 때에는 더 미미하고 괴상한 박자로 움직이게 되는 새.

영원은 동사로써 순간들을 떼어낸다.[1] 당신의 손가락은 제게 그렇게 보였습니다. 동사로써, 순간들을, 떼어내는 영원. 그 손가락은 잠과 잠 사이의 순간들을 떼어내듯이 당신 잠의 눈꺼풀을 밀어 올렸지요. 그리고 그 조그마한 틈새로 유입되는 분량의 빛. 언제나 틈새가 아닌 틈새 바깥 세계의 크기로 들이닥치는 빛. 그 거대함이 매번 당신을 얼마나 놀라게 하는지. 그것을 상대하는 일이 당신을 얼마나 피로하게 하는지.

당신은 깜짝 놀라며 잠에서 깨어나지만 당신 얼굴은 피로와 한 덩어리로 엉켜 있고, 피로 외의 다른 감정들은 수증기 입자처럼 미세하게 표면에 맺혀 있을 뿐이라 식별하기 어렵지요. 녹아서 작고 납작한 덩어리가 된 플라스틱 물통 같은 것을 생각해보세요. 당신은 그런 얼룩덜룩한 덩어리로 무방비한 웃음소리 속에, 달뜬 공기에 섞인 음악들 가운데에, 뜨겁고 맑은 햇빛 아래에, 그을린 피부에 맺힌 땀방울 사이에, 술에 취한 사람들의 걸음걸이 곁에 가만히 놓여 있기 위해 여기까지 왔군요. 휴양지의 여름과 여름의 부산물들이 당신을 포함한 모든 것을 얼룩덜룩한 덩어리로 섞어놓기를 기대하면서. 모든 순간을 떼어내며 덩그러니 놓인 영원이 되지 않기 위해 여기까지 왔군요.

선생님, 당신은 잠에서 도망치듯이 다른 잠을 향해 가는 방식으로만 잠들 수 있지요. 당신에겐 도망치는 것만이 잠을 감당할 유일한 방법이니까요. 도망치는 자들에겐 목적지가 중요하지 않은 법이니까요. 잠은 집과 같다. 잠에서 도망친 사람들은 집에서 도망친 사람들이다. 도망은 자발적으로 분실물을 만드는 일이다. 잠을 잃어버린 사람들은 집을 잃어버린 사람들이다. 그리고 집을 잃어버린 사람들은 아무 장소나 집으로 만들어버리기 마련이지요. 눈 닿는 모든 장소를. 몸이 흩뿌려진 모든 시간을. 떠나온 장소도, 도착할 장소도 중요하지 않고 떠나왔다는 사실만이 중요한 상태. 떠나왔다는 사실만이 남겨진 상태. 막춤처럼. 손이 제자리를 떠나고, 팔다리가 제자리를 이탈하고, 머리가 제자리를 잊어버리고, 홍청망청, 비틀비틀, 갈 곳을 의식하지 않으면서 있던 곳으로부터 멀어지는 상태. 여전히 몸통에 붙은 채라는 사실을 잊을 만큼 격렬하게. 깜빡이는 손가락처럼, 손가락만 남은 것처럼 깜빡이며.

우리는 춤을 추며 장소를 이탈하며 시간이 고이는 부분을 거부하며 여기까지 왔군요. 춤을 추게 만드는 깜빡이는 조명 아래서만, 불가역적으로 깜빡이는 빛 아래서만, 이 깜빡임이 만드는 줄임표 안에서만, 쉴 새 없이 난입하는 어둠 속에서만, 어둠에 적응해야 할지 환함에 적응해야 할지 판단할 수 없는 시각 속에서만 드러나는 형상이 있군요.

저는 제가 알던 어떤 사람보다 더, 제가 겪은 어떤 장소보다 더 당신을 분명하게 보고 있어요. 기억과 마찬가지로 얼굴 역시 원본을 연상시키는 어렴풋한 형태일 뿐이라고 해도, 저는 보고 있어요. 살면서 제가 했던 어떤 일보다 성실하고 꼼꼼하게요. 깜빡이는 불빛이 만드는 기이한 줄임표 안쪽에서, 검고 둥근 테두리에 등을 기대고 서서, 마침내 가까워진 당신을. 도망갈 곳도 없이, 녹아서 엉킨 물질들을 떼어내기와 나뒹구는 파편들을 기워내기를 반복하면서. 보고 있어요. 당신의 얼룩덜룩한 얼굴을. 제 얼굴로 얼룩진 당신의 얼굴인지, 당신의 얼굴로 얼룩진 제 얼굴인지 모를 얼굴 하나를. 서로를 껴안듯이 얼룩진 형상 하나를.

*

당신은 딱 한 번 잠들고 여러 번 깨어나지. 내 사랑, 당신이 잠에서 깨어나는 순간을 상상해. 기나긴 잠 같고 잠과 잠 사이의 적막 같은 무수한 구멍으로 이루어진 당신의 삶과 그 속의 작은 구멍 하나를.

그날은 묵직하고 커다란, 아주 짧은 굉음이 당신의 잠에 구멍을 냈다고 했지. 쿵. 쾅. 둘 중 어느 쪽에 가깝건, 어느 쪽에도 가깝지 않건 당신은 방금 들은 소리를 한 음절의 글자로 기억했을 거야. 혹은 당신이 방금 '쿵' 하는 굉음과 함께였다고 그 깨어남을 기억했겠지. 습관처럼. 당신의 생각이 그 소리를 복기하기 전에, 당신의 의식이 그 소리를 재현하려 애쓰기도 전에. 소리의 세부를 하나하나 복원하려 애쓸수록, 당신이 들었던 소리를 바로 그 소리 자체가 아닌 무언가로 재현하려 애쓸수록 알게 되지. 소리처럼 그 자체를 보존하고 끝없이 재생할 수 있는 것은 없다고. 소리만큼 원본을 연상시킬 수 있는 형태로 재현이 불가능한 물질도 없다고. 사실과 재현 사이에 텅 빈 간격만이 존재하는 것.

불완전하거나 실패한 재현조차 존재할 수 없는 것. 당신은 그 텅 빈 곳에 소리에 대한 기억과 함께 앉아 있지.

당신의 방은 안도 없고 밖도 없는 듯한 어둠에 잠겨 있고, 당신은 어둠에 잠긴 사물들을 기억으로 비추듯이 건져 올려. 그리고 서서히 드러나는 사물의 표면을 더듬으며 움직이네. 그런 어둠 속에서도 나는 당신의 형상을 어렵지 않게 분간해낼 수 있어. 당신은 질료가 아니라 진동으로 구성된 사람처럼 존재하니까. 어둠 속에서 가늘게 떨리는 당신의 표면을 보고 있어. 언제나 잠든 사람의 얼굴이 가장 연약한 물질이라고 생각해왔는데, 그 표면을 가만히 응시하는 동안 깨달았지. 깨어 있는 사람의 얼굴이야말로 비할 데 없이 연약한 물질이라는 걸. 이미 깨져 있어서 너무 많은 틈새를 가졌거나 작은 새의 부리가 툭툭 건드리는 것만으로도 산산조각 날 수 있는 물질.

당신은 모래 속에 섞인 얼굴의 파편들을 주우러 다니는 사람처럼, 깨진 틈새로 흘러든 망령들을 감당하는 몸처럼, 조각난 표면을 수선하는 손처럼 세계를 서성여. 사실과 재현 사이의 텅 빈 간격을. 그 간격에 듬성듬성 놓인 기억들을. 구멍 난 장소를. 안팎 없는 구멍을. 구멍이라 생각했던 곳이 사실은 진흙인, 발이 푹푹 빠지는 땅을.

안으로 말린 것만이 밖으로 펼쳐지는 것이다. 깨어 있는 사람도, 꿈꾸는 사람조차 견뎌낼 수 없는 심리적 역동성인

악몽이 있다면.[2] 그것이 꿈꿀 겨를도 없는 깊은 잠에 빠진 사람만이 견뎌낼 수 있는 역동성이라면. 당신의 기다랗고, 팽팽하고, 얇고, 약한 잠에 뚫린 구멍들을 생각해. 당신이 꿈꾸는 법을 잊은 듯이 잠들었으면 좋겠어. 경험이 없는, 기억을 훼손하지 않는, 당신의 머리맡에 잠으로서의 경험만 드리웠다 아침이면 거둬 가는 잠. 아무것도 견뎌내지 않는 잠. 잠이라는 경험을 아늑하게 덮고 두 손을 이불 밖으로 내민 당신의 이마 위로 쌓이는 잠을 생각해. 아무것도 없는 잠도 경험이 될 수 있을까. 그 경험이 당신의 기억을 돌볼 수 있을까. 당신이 자신을 돌보는 방식이 될 수 있을까. 당신이 더는 잠을 통해 망각에 저항하지 않고, 깨어남을 통해 기억에 저항하지 않을 수 있을까.

잠과 깨어남 사이의 벌어진 틈새를 액체처럼 배회하는 당신. 나는 피로를 잊은 사람처럼 당신이 가진 구멍들을 쓰다듬고 있어. 안팎이 아무리 똑같이 캄캄하다 한들 그것이 구멍이라는 것을 숨길 수는 없겠지. 구멍은 무엇을 줄줄 새게 할 수 있고 무언가를 유입시킬 수도 있고 무엇을 잘 끼워서 잃어버리지 않게 보관할 수도 있는 공간이지.

언젠가 당신은 곤히 잠든 이에게 세상모른다는 표현을 쓰는 것이 참 좋다고 했어. 잠든 사람은 기억을 날카롭게 휘저어놓는 경험, 해로운 경험,[3] 그 자체로 동사를 품고 있는 것이나 다름없는 경험이라는 단어로부터 격리되어 있다고.

내 사랑, 당신은 세상모르고 잠들어 있어. 갓 태어난 새 떼처럼 소란스럽게 경련하는 기억들 곁에서. 그것들은 통제할 수 없고, 따뜻하고, 부드럽고, 지나치게 가느다란 뼈를 가졌지.

*

아가, 너는 매일 밤 몸을 버린 것처럼 세상모르고 잠들지. 나는 매일 새롭게 깨어나는 법을 알려준다. 너의 연약하고 얇은 눈꺼풀이 어쩜 그렇게 거대한 것을 밀어두며 모르는 것으로 남겨놓을 수 있는지.

하지만 조심해. 지금부터 그렇게 조그만 틈새로도 그렇게 거대한 것이 밀려온다. 너를 매번 놀라게 하는, 너를 제외한 모든 것일 뿐인 세계. 너는 곧 눈을 깜빡이겠지. 너의 표면은 아주 조그마하고 가끔 열리는 틈만을 허락하지만, 액체에게 입구의 크기는 중요한 것이 아니다. 미동 없는 너의 손가락 위로 피부 바깥의 모든 것, 그러니까 세계라고 할 수 있는 것, 커다란 아침의 빛이 밀려드네.

나는 세계보다 먼저 너의 잠을 깨우려 한다. 작은 물방울 하나가 내 손끝에서 네 손끝을 향해 떨어지기를 가만히 기다린다. 너의 손가락이 눈꺼풀보다 먼저 깜빡이기를. 새 몸을 얻게 된다면 얼마나 아름다울까.[4] 아무리 아름다워져도 알아볼 수 있다. 아무리 아름답지 않아도 알아볼 수 있지. 기다린다. 본다. 작은 물방울이 얼마나 빠르게 무거워지는지. 새 몸으로 기우는 동안 어떻게 무게라는 방향을 갖는지.

* 이 글에 포함된 세 통의 서신은 세 편의 영화에서 각각 한 장면씩을 재료로 작성한 것이다. 영화의 전체적인 흐름과는 다소 무관할 수 있으며, 영화의 목록은 다음과 같다.
  · 샬롯 웰스(Charlotte Wells), 〈애프터썬〉, 2022.
  · 아피찻퐁 위라세타쿤, 〈메모리아(Memoria)〉, 2021.
  · 로이스 파티뇨(Lois Patiño), 〈삼사라(Samsara)〉, 2023.

1. 에드몽 자베스, 『질문의 책』, 이주환 옮김, 한길사, 2022.
2. "오로지 퇴화를 겪은 것만이 진화하고, 말하자면 안으로 말린 것만이 밖으로 펼쳐지는 것이다. 악몽은 아마 깨어 있는 사람도, 심지어 꿈꾸는 사람조차 견뎌낼 수 없는 어떤 심리적 역동성일 것이다. 그것은 단지 꿈꿀 겨를도 없는 깊은 잠에 빠진 사람이 견뎌낼 수 있는 역동성이 아닐까?" — 질 들뢰즈, 『차이와 반복』, 김상환 옮김, 민음사, 2004.
3. "경험은 해로워요. 내 기억을 날카롭게 휘저으니까요." — 영화 〈메모리아〉(아피찻퐁 위라세타쿤, 2021) 중 에르난의 대사.
4. "이미 죽은 몸이 뭘 할 수 있을까. 새 몸을 얻게 된다면 얼마나 아름다울까." — 영화 〈삼사라〉(로이스 파티뇨, 2023) 중 소년이 할머니에게 읽어주는 책의 일부.

샬롯 웰스의 영화 〈애프터썬〉(2022)의 스틸
제공: 샬롯 웰스

아피찻퐁 위라세타쿤의 영화 〈메모리아〉(2021)의 프로덕션 스틸
사진: Sandro Kopp, 제공: Kick the Machine Films

로이스 파티뇨의 영화 〈삼사라〉[2023]의 스틸

제공: 로이스 파티뇨

손에 잡히는

손은 자신이 손인 줄 모르는 것처럼 움직인다. 과일을 수선하는 선생님의 손을 보면서 든 생각이었어요. 언제나 무언가를 버리는 일에 지쳐서 과일을 꿰매기 시작했다고 말씀하시는 선생님. 중구난방 찢어진 귤껍질. 맑은 주홍빛을 띤, 윤기 나는, 시큼한 냄새를 풍기는 조각들과 한 쌍의 무구한 손. 손이란 부서진 물질을 올려두는 것만으로도 그것을 복원하는 다음 장면을 만들어내는 정물이구나. 파편, 부스러기, 먼지를 데리고서 막무가내로. 저는 선생님께서 꿰맨 과일들처럼 원본을 연상시키는 형태, 다른 무언가를 닮은 것들만 남은 방에 있습니다. 몸처럼 생긴 것이 이불 같은 것 바깥으로 손 닮은 것을 내놓고 잠 비슷한 것에 빠져 있고요. 표면을 작고 가볍게 만들며 안쪽에서 조용히 말라가는 물기 같은 잠. 잠 같은 물기. 무너지는 장소, 한겨울에 창문이 열린 방, 금 간 잔에 물 마시기, 차가운 진흙으로 채운 욕조, 썩는 것이 중요한 조각을 닮은 잠. 우리보다 너무 작거나 너무 거대한 잠. 구할수록 무서워지는 잠을 닮은 것에요.

*

잠든 사람의 불규칙적으로 경련하는 손가락.
깜빡이는 손가락이 가진 박자.

그런 박자로 영원을 다루듯이
영원과 닮은 돌을 쓰다듬고
시간이 빌린 몸 같은 물이
돌들을 굴리는 소리를 들으며

잠이 꿈을 닮듯이
비닐봉지가 새를 닮듯이
우리는 기억을 꾸리네.

우리에겐 유물, 기념품, 부드러운 피부가 필요하지만
남는 것은 화석들
뼛조각뿐이네.

*

선생님, 제가 보는 모든 것이 그것을 보기 전의 저를
집어삼키고 다시는 돌려주지 않는다는 사실이…… 저를
미치게 하고 미친 채로 안심하게 만들어요. 기억에는
온통 무언가를 닮은 형태밖에 없고요. 제 몸은 언제나

본다는 일과 엉망으로 뒤엉켜 있어요. 모든 것이 바스러지는 와중에도 솔직히 저는 부스러기들 위에 드러누워 온몸으로 햇볕 쬘 생각뿐입니다. 백사장이 곱기로 이름난 해수욕장의 모래들이 원래 무엇이었는지 저는 다 기억하고 있어요. 산산이 부서진 것, 아주 먼지에 가깝도록 박살 난 것이라면 무엇이든 참 부드럽겠지요. 아늑하겠지요. 그을린 피부는 보기 좋을 테고요. 어떤 물질들은 헛되고 터무니없는 약속만을 주고 싶어 하는 것처럼 보여요. 저는 어딘가 그것들을 가만히 둘 방을 찾고, 손에 쥘 수도 없는 먼지가 될 때까지 방해받지 않고 머물고 싶어요. 아무쪼록 선생님께서도 내내 건강하시길 바랍니다. 제철 음식을 챙겨 드시고 매일 잠깐이라도 햇볕을 쬐며 걸으세요. 일광욕하기 참 좋은 계절이 다가오고 있네요.

*

엿본 전망들
가져본 적 없는 전망들
우리가 우길 수 있는 유일한 것.

무너진 장소들
경험을 박탈당한 장소들이 우리를 기억한다.

*

나에겐 힘을 빼고 누우면 자꾸 오목한 모양으로 구부러지는 손이 있다. 박살 이후의 파편, 부스러기, 먼지들 내려앉기 좋도록 구부러진 손. 그런 것들이 잡힐 수밖에 없는 모양의 손.

손안의 것들은 자신들이 처한 장소만으로도 다 가진 것처럼 보인다.
뭉쳐지고 꿰매지고 이어 붙여진 덩어리가 될 미래를.

한심하고 아름다운, 지독하게 인간적인 방식으로 수선된
죽은 얼굴들을 닮은
우습고 왜소한 무리인 우리의
접힌 시간을.

* 이 글은 조이 레너드(Zoe Leonard)의 〈Strange Fruit〉와 그가 이 작업에 관해 작성한 문서를 재료로 쓴 것이다.

조이 레너드, 〈Strange Fruit〉, 1992-1997
바나나·오렌지·자몽·레몬·아보카도 등 295개 껍질·실·지퍼·단추·힘줄·바늘·플라스틱·스티커·직물·장식·왁스, 설치에 따라 크기 상이
제공: 필라델피아 미술관
필라델피아 미술관이 디트리히 재단의 기금과 작가 및 폴라 쿠퍼 갤러리의 부분 기증으로 1998년 2월 1일 구입.

가용 공포

가느다란 장애물

Q. 당신은 당신을 넘치는 이미지를 어떻게 대하려 합니까? 당신은 당신을 초과하는 이미지를 다룰 때 무엇을 보고 있습니까? 당신은 이미지 내부의 볼 수 없는 부분이 무섭지 않습니까?

A. 나는 언제나 눈앞에 있고 손에 잡히는 범위 안의 풍경만을 풍경으로 대하려 합니다. 팔이 닿을 수 있고 손이 자유롭게 움직이는 범위 안쪽의 공간. 그것이 내가 가진 공간의 전부라고 믿고, 일시적으로 내가 가진 것만이 공간의 전부라고 믿으려 합니다. 내 몸이 닿는 이 작은 공간은 조각도 아니고 파편도 아니며 세계는 퍼즐이 아니지요. 그럼에도 이 공간 안에서 충분히 움직였다는 생각이 들 때, 사방으로 이만큼의 공간을 이어 붙이듯 움직이다 보면 세계라고 할 만한 것이 눈앞에 도착해 있습니다. 각각의 공간은 어깨동무한 것처럼, 허리를 감싼 것처럼, 팔짱을 낀

것처럼 서로 의존하며 이어져 있어요. 이런 여럿을 하나가 아니라고 할 까닭은 별로 없어 보입니다. 연결 사이의 틈새, 이음매, 균열은 어딘가 아늑한 공포 같은 것을 품고 있고요.

물론 신체는 확장될 수 있습니다. 자루가 아주 긴 붓 같은 단순한 도구를 통해서요. 확장된 몸에는 곡선이 없고, 확장된 몸은 부드럽지 않으며, 스스로 주변에 반응하지 않습니다. 그러나 나는 그 몸이 행하는 것 역시 내 몸의 움직임이라고, 그 몸이 향하는 곳 역시 나의 시선이라고 생각합니다.

나는 풍경의 테두리를 보며, 풍경의 테두리를 향해 내 몸이 가진 범위만큼씩 나아갈 수 있습니다. 나는 이 풍경의 전체를 보는 대신 부분의 내부에 머물며 겹을 더해갈 수 있습니다. 몸과 몸이 내포한 움직임을 붙잡아 고정한, 선과 색과 점의 겹들을요. 나는 이 겹들을 통해 무언가를 숨길 수 있습니다. 숨겼다는 사실을 잊을 수 있습니다. 분석에 복종하지 않는, 마주 보는 몸과의 거리가 변할 때마다 무언가를 숨기거나 드러내는 이미지. 환한 맹점을 품은 평평한 표면.

나는 명확함을 빼앗고 싶습니다. 숭고함이 거대함과 맞붙어 있다는 생각을 무너뜨리고 싶습니다. 단면'들'을 통해서요. 멀리서 보면 매끄럽고 안전한 평면에 불과하지만 가까이 다가갈수록, 볼 수 있는 범위를 좁힐수록, 당신의 눈길이 닿는 공간이 작아질수록 표면은 꺼풀로 쪼개지고,

당신이 휩쓸리고 헤매기 좋은 단면들로 변모합니다.
그것들은 조그마하고 얇고 이 표면을 만든 자의 움직임에
깃든 공포를 품고 있어서 숭고함을 느끼기에는 너무나
연약하고 보잘것없다는 인상을 주지요. 당신은 압도당하지
않습니다. 풍경에 잡아먹히면서도 편안함을 느낍니다.
당신은 당신의 몰입에 자꾸 끼어드는 흐릿한 레이어들을
조심스레 더듬으며 움직입니다.

단면은 어쩐지 복수형으로 쓰는 것이 더 자연스러운
단어지요. 단면들. 하나의 단면은 자기 뒷면에 다른 단면을
반드시 포개고 있습니다. 등 뒤에 다른 단면을 업고 있다는,
혹은 다른 단면에게 안겨 있다는 분명한 느낌을 받아야만
하는 것이 단면의 본성이지요. 단면은 혼자서는 존재할 수
없습니다. 한눈에 포착하려는 욕망 앞에서 언제나 달아나는
부분들이 있습니다. 그것들을 추적하는 당신의 걸음과
걸음마다 딸려 오는 부분, 달아나는 부분, 시선의 더듬거림,
그리고 그 아래서 벗겨지는 꺼풀들이 있습니다.

나는 당신이 당신의 움직임과 함께, 당신의 움직임과 그림의
연결을 통해서만, 당신의 움직임과 이미지의 관계 안에서만
이것을 볼 수 있길 바랍니다. 백사장을 헤매는 아주 작은
곤충처럼 겹과 겹 사이를 배회하기를.

전체를 보는 것은 중요한 일이 아닙니다. 필요한 일도
아니고요. 당신의 눈이 더듬을 수 있는 범위의 것만을 보면서
움직이고, 그 작은 부분들을 이어 붙이며 나아가세요. 저는

이음매가 없는 풍경 앞에서 늘 감당하기 어려운 두려움을 느낍니다. 그러나 움직이는 몸을 가졌다는 걸 깨닫는 순간은 언제나 낯설고 어렵고 어색한 일이지요. 낯섦, 어려움, 어색함은 언제나 얼마간의 공포를 동반하고요. 우리가 이 사실을 천 번째나 만 번째로 깨달았다고 해도요.

시간이란 이 낯섦, 어려움, 어색함, 작은 공포를 견디는 순간들을 사방으로 이어 붙이는 일이죠. 당신이 추위에 껴입은 옷 때문에 확장된 자신의 몸이 차지하는 공간을 가늠하지 못해 여기저기 부딪치고 쓸리듯이, 이렇게 사방이 이어 붙여진 순간들은 언제나 낯선 것이라 여기저기를 상처 입게 되기 마련이고요. 시간이란 덧붙는 즉시 더럽혀지는 연약한 것이지만 즉시의 즉시, 그러니까 더 작은 즉시의 간격으로 계속해서 덧붙여지기 때문에 깨끗함을 자신의 속성으로 둘 수 있습니다.

보세요, 겹겹이 덧입을 수 있다는 사실은 얼마나 다행한 일입니까. 당신이 당신의 몸을, 몸의 움직임을 매번 어색해하고 매번 처음 보는 것을 보듯이 지켜본다 해도. 움직임이 닿는 범위만큼의 세계를 생각하고 그만큼의 바깥을 감당하는 일은 도움이 됩니다. 평면이란 포개며 쌓을 수 있는 성질의 것이라 얼마나 좋은지요.

나는 언제나 곧고 평평하고 매끈한 표면에 가느다란 장애물을 두고 싶었습니다. 한눈에 볼 수 없도록, 언제나 가려진 부분을 가늠하며 주변을 서성이도록, 그런 움직임을 요구하도록, 가까이 다가갈 수 있도록, 가까운 곳에서 당신의 몸이 볼 수 있는 범위만큼을 계속해서 이어 붙이는 방식으로 다시 세계를 더듬어가도록.

눈으로 더듬는 세계에 가느다랗고 빛나는 장애물을 놓는 일. 그것이 제가 저의 움직임을 감당하며 하는 일입니다. 케이크 옆면에 붙은 비닐의 가장자리를 찾을 때, 두 장의 비닐이 포개져 만든 얇은 기둥을 보듯이. 손으로 매끄러운 표면에 숨어 있는 갈라짐을 더듬듯이 눈이 이 표면을 더듬다 기둥에 걸릴 때, 거기서부터 벗겨지는 한 꺼풀의 세계가 있을 때. 탈각되는 한 겹만큼의 투명성을 당신이 획득하는 순간.

나는 그 순간을 기다리며 가느다란 장애물 뒤에 이 평면을 둡니다. 눈을 잡아채어 고정하는, 고정한 것은 지속의 상태에 두고 싶어 하는 이미지의 본능을 방해하도록. 당신이 오돌토돌한 표면을 더듬으며 계속 나아갈 수 있도록. 영원에서 박리된 채로 계속 휩쓸릴 수 있도록. 당신이 다룰 수 없는 겁 안에서 피로를 느끼며, 피로한 몸을 뉜 곳에서 이리저리 휩쓸리며, 휩쓸리는 상태에서 아늑함을 느끼며.

부드러운 집

Q. 모든 표면은 관계 속에서 발생하는 것이다.
   의미는 운동 속에서 발생하는 것이다.
   세계는 운동 속의 매듭이다.[1]

당신이 말했지요.

　당신은 집을 안전한 입체로 만들고 싶어 합니다.
열거나 닫을 수 있는 문이 있고, 언제나 문 너머가 있고,
너머의 공간이 있고, 그곳에 무엇이 도사리고 있는지
알 수 없다면…… 문을 열어둔 채로 문 너머를 지켜보고
있다 해도 문의 존재를, 언제든 닫힐 수 있다는 가능성을
잊을 수 없다면…… 활짝 열린 문도 너머의 풍경을 가두는
프레임으로만 대할 수 없다면…… 그런 입체라면……
당신이 망각에 서툰 사람이라면…… 집만큼 당신을 겁에
질리게 하는 것은 없다고. 문 달린 입구란 내일이라는
가능성을 한순간도 잊을 수 없게 만든다고. 집은 너무
위험하다고. 언제나 맹점으로 남겨지는 부분을 가진 공간이
무섭다고. 그런 사물과 함께인 채로는 도무지 지속되는
잠을 잘 수가 없다고. 당신은 버석한 얼굴로 쉴 새 없이 눈을
비비며 말했습니다.

한 사람의 손으로 모든 부분을 만지기는 불가능하고, 한눈에
다 들어오지 않도록 수많은 벽과 문으로 구성되어 있어

전체를 볼 수도 없는 것. 두 발로 더듬고, 더듬으며 상상하고, 상상 속에서 벽들을 연결 짓고 문을 허물고 기둥을 지워내는 방법으로만 얼기설기 이어진 한 장의 평면으로 만들 수 있는 것. 걷고 눕고 달리고 뒹굴고 넘어지고 기어다니며 행한 모든 움직임과 누적된 기억이 덕지덕지 달라붙은 표면. 모든 시간을 얇은 피막으로 만들어 유실 없이 보관하는 두터운 벽. 집 안에 있는 것들에게는, 그것이 무엇이건 바깥으로부터 자신을 감싸는 표피가 되는 집의 내부.

당신은 모든 것을 빠짐없이 보여주고 싶어 했습니다. 모든 시간을, 시간이 가진 궤적을, 궤적의 찌꺼기를, 시간이 기억하는 모든 것을 한 장의 이미지로 만들고 싶다고요. 이미지를 안다.[2] 당신은 이미지를 알고 싶어 했고, 이미지로 알고 싶어 했고, 이미지는 안다고 생각했지요.

집이라는 알 수 없는 입체. 당신은 이 입체가 가진 무수한 단면을 겹쳐 한 꺼풀의 표면에 복사하는 것도 하나의 방법이라고 했습니다. 반투명한 벽과 흐릿한 윤곽의 흔적만이 증언으로 남은 문, 샅샅이 볼 수 있는 전체, 틈새 없이 내부와 외부 사이를 깨끗하게 가로지르는 집의 피부. 입체를 평면 안에 가두면, 납작하게 눌러 떠내면, 그러니까 시각을 통해서만 감각할 수 있는 입체, 양감 없는 입체로 만든다면, 모든 볼록함과 움푹함을 음영으로만 남겨둔다면. 입체에 대한 기대 자체를 다른 방향으로 흐르게 만든다면, 누구도 벽돌이나 계단을 보고 올록볼록한 양감을 기대하지 않게 만든다면, 문을 보고도 손잡이를 돌리거나 밀거나 당기고 싶은 욕망을 느끼지 않게 된다면…… 안전하게 보호받을 수 있을 거라고요.

당신은 집을 입고 다니는 것도 하나의 방법이라고 했지요. 쉽게 구부러지는, 몸의 곡선을 따르는, 이동 가능한 구조를 지닌, 일종의 부드러운 껍질 같은 것만을 집이라고 보는 것도 하나의 방법이라고. 입는 몸을 전제하고 집을 만든다는 건 아주 다른 일이 될 거라고.

"상상해보세요. 당신이 입고 있는 집의 유연한 껍질은 당신 몸과 표면 사이의 간격을 통해서만 공간을 발생시킵니다. 물론 당신은 그 공간을 볼 수 없지요. 그러나 그것은 당신의 움직임을 한쪽 벽으로 설정하면서, 피부라는 당신의 외부와 피부를 포함한 당신 전체의 외부라는 세계가 함부로 부딪치지 않도록 좁고 어둡고 아늑한 공간을 제공합니다. 스스로를 주장하지 않는 가변적인 사물. 시간과 부드럽게 뒤엉키며 호흡할 수 있도록 운동성을 내재한 사물. 환경의 움직임과 당신의 움직임에 즉시 반응하는 민감성을 지닌 사물. 관계 속에서만 발생하는 형태. 표면은 언제나 행위를 반영합니다. 표면은 곁에 선 몸의 움직임을 요구합니다."

이때 나는 당신이라는 표면의 곁에서 당신 몸의 비언어적 표현을 포착하려 애쓰며 주의 깊게 작동하는 움직임이었습니다. 당신은 집이란 부드러운 외피를 입고 있어야만 한다고도 했습니다. 딱딱하고 견고한 물질로는 집을 만들 수 없다. 몸과 관계 맺음 없이 시간의 운동에만 반응하는 공간을 집으로 만들기 위해서는 다른 접근이 필요하다. 깨끗하게 정돈하고 때를 벗겨내고 부서진 자리를 수선하는 것으로는 충분하지 않다. 이런 접근은 공간을 죽이는 것이나 마찬가지다. 환경이나 시간성으로부터 완고하게 격리될 실내를 갖는 것은 집에게 중요한 덕목이 아니라고요.

당신은 집을 이룰 모든 것에 가까이 다가가야 한다고 말하지요. 그것들의 표면을 만지고, 감싸고, 덮어씌우고, 벗기는 동안 살아낸 것, 지나간 것, 잊힌 것들이 묻어날 거라고요.[3] 집이란 시간을 잡아채어 정지시키는 사물이어야 한다고요. 집의 표면은 시간이 덧입은 인공 피부 같은 것이라고. 표면에 입혀진 질감은 모두 시간의 증거라고. 당신은 하나의 표면에 다른 표면들을 모조리 욱여넣듯이 새기는 것을 좋아하지요. 결코 만날 일 없을 시간들을 서로 만나게 하는 것. 얇고 가볍고 연약한 것, 쉽게 찢어지고 구멍 나는 것, 아주 가느다란 장애물에 걸리는 것만으로도 망가져버리는 것, 지속성에는 조금도 관심이 없는 것. 그런 사물을 누르고 붙이고 다시 벗겨내어 영속성이 달라붙게 만드는 것. 사물의 표면에 시간을 고정시키는 것을요.

얇게 떠낸 벽들이 연결되고, 문 너머는 없고, 당신은 이제 집의 모든 것을 한눈에 볼 수 있게 되었지요. 살 수 없다

해도 입을 수 있다면 그것은 집이다. 볼 수 있는 것도 집이다. 몸은 결국 당신의 외부일 뿐이며 세계는 몸의 외부일 뿐이다. 굳을 수 있는 액체와 액체를 머금을 수 있는 흡습성의 부드러운 물질만이 집을 줄 수 있다.

나는 현관문을 열 때마다 당신이 들려준 이야기와 당신의 움직임을 생각합니다. 집의 표면에 새겨져 우글거리는 시간들. 당신은 어제를 오늘로 당겨오듯이 온몸으로 부드러운 표면을 거머쥐고 거머쥔 손에 체중을 싣습니다. 당신은 온몸으로 넘어집니다. 넘어진 당신 위로 집이 덧입어온 모든 표면이 새겨진, 부드러운 한 겹의 이미지가 덮이고요. 당신은 아마 이렇게 아늑한 감각만이 사방에 도사리고 있는 것 같은 기분은 처음이라고, 마침내 집이 있다는 감각을 이해하게 되었다고 생각하겠지요.

A. 그래요, 나는 모든 것이 이미지로만 보관될 수 있다는 생각 안에서 무척 편안합니다. 이제 나는 정말로 지속성에는 관심이 없고 섬광처럼, 깜빡임처럼 지나가는 잠 속에 아늑하게 누워 있어요. 이것이 나의 집입니다. 집은 몸과의 관계 없이는 발생할 수 없지요. 몸은 동작을 품고 있고, 움직임은 순간에 속하며 순간에 복무하고요. 집은 내가 요구하는 움직임일 따름입니다. 집은 나의 움직임이 만들어내는 피부입니다. 어제를 끌어당겨 입는 동안 나는 내일에 도착해 있다고 느끼고, 무엇을 입고 있다는 사실조차

잊은 채로 하루를 보낼 수 있습니다. 그 사실이 무척 산뜻하게 느껴지곤 합니다. 나는 집을 입은 채로만 정말로 멀리 갈 수 있습니다.

* 이 글은 줄리 머레투(Julie Mehretu)의 SFMOMA 커미션 작업 〈HOWL, eon (I, II)〉(2016–2017)과 하이디 부허(Heidi Bucher) 회고전 《하이디 부허: 공간은 피막, 피부》(2023. 3. 28–6. 25, 아트선재센터)를 재료로 쓴 것이다.

1. 도나 해러웨이, 『해러웨이 선언문』, 황희선 옮김, 책세상, 2019.
2. "Wisse das Bild (이미지를 안다)." — 라이너 마리아 릴케, 「오르페우스에게 바치는 소네트」 제1부 9번 소네트, 1922. 문지윤의 「자개, 라텍스, 아카이브: 하이디 부허 세계의 물질성 연구」(『하이디 부허: 공간은 피막, 피부』, 아트선재센터, 2023)에서 재인용.
3. "부허는 '살아낸 것, 지나간 것, 잊힌 것들이 천에 묻어난다'라고 말했다." — 문지윤, 「자개, 라텍스, 아카이브: 하이디 부허 세계의 물질성 연구」, 『하이디 부허: 공간은 피막, 피부』, 아트선재센터, 2023.

줄리 머레투, 〈HOWL, eon (I, II)〉 작업 과정, 2017
사진: Tom Powel Imaging, 제공: 줄리 머레투, Marian Goodman Gallery
© Julie Mehretu

1978년 빈터투어에 있는 하이디 부허의 자택에서 하이디 부허가 헤렌치머[신사들의 방]의 가죽을 벗기는 과정

제공: 하이디 부허 재단

소진되지 않는 덩어리[1]

"같이 있고 싶다고"
이 문장이 왜 이렇게까지 마음을 끄는 것인지 알 수 없다. 같이 있고 싶다는 말과는 다르다. 같이 있기를 원해, 같이 있자, 같이 있고 싶어, 같이 있을까, 같이 있어줘, 같이 있을 거야, 이런 말과도 다르다. 같이 있고 싶다고. 여럿이서 이 문장을 음성언어로 옮기기로 하고 각자의 발화를 한곳에 풀어둔다면, 모두 다른 소리가 적어도 백 개쯤 우글거리고 있을 것이다.

이것은 이미 같이 있는 것들의 언어다. 마구잡이로 한데 뒤엉켜 있는, 거리를 멸종시킬 기세로 붙어 있는, 거리를 모르는 정신처럼 가까이 있기를 원하는, 정신머리가 없는 자들처럼 중구난방 얽혀 있기를 원하는, '같이'의 바깥에는 아무것도 없는 것처럼, 꼭 붙어서, 더 꼭 붙어 있기를 갈망하면서, 너덜거리며, 주변부를 모조리 빨아들이며, 가깝거나 멀거나 크거나 작은 풍경들을 모조리 밀어내면서, 얼기설기 이어 붙이며, 어설프게 뭉치며, 시간을 잊는 것을 목표로, 아니 시간을 더욱 느끼는 것을 목표로,

자신들이 느끼는 것만이 시간인 것처럼, 격렬하게 시간을 겪으며, 세계의 질서 바깥으로 무너지며…… 그렇게 같이 있는 것들, 그렇게까지 같이 있는 것들의 언어다. 무엇이든, 무엇도, 한 번도 충분하다고 느껴본 적 없는 것들의 말이다. 그럼에도 충분할 때까지 무엇을 원하게 되고야 마는 것들의 언어다.

이런 지경으로 함께 있고 싶다는 것은 너무 인간적이어서 인간의 일이 아닌 것 같다. 우리의 인간적인 의지를 보도블록 사이로 삐져나온 풀처럼 밟고 걸어가는 것 같다. 도무지 정도를 모르는 것. 마음을 넘어선 어떤 지경에 있는 것. 그 지경에서 지금 같이 있는 것보다 더 같이 있기를 원하는 것. 사실적으로 같이 있는 것 이상으로 같이 있고 싶다고 느끼는 것. 같이 있다는 느낌에 집어삼켜지기를 마다하지 않는 것. 이 모든 일의 방법을 영영 모르는 것. 방법을 모르는 채 제멋대로 계속하는 것. 살점을 너덜거리며 살아남기를 좋아하는 것.[2]

〈같이 있고 싶다고〉
이 거대하고 너덜거리고 희고 얼룩덜룩하고 앙상한 형상이 왜 이렇게까지 마음을 끄는 것인지 알 수 없다. 하나의 축을 갖고 천천히 회전하며 때때로 부산물들을 떨구는 이 덩어리가. 희다는 인상이지만 하얗다고 할 수는 없이 온갖 잡스러운 것들이 엉켜 있는 조각. 하나의 몸에서 찢어발겨진 파편들이 서로 떨어질 수 없다고 떼를 쓰고 있는 것 같기도

하고, 사방에 흩어져 있던 조그맣고 잡다한 사물들이
제멋대로 달라붙어 엉겨 있는 것 같기도 한 덩어리.

아무튼 한데 뒤엉켜 있는, 셀 수 없이 무수한 겹으로
하나인, 한 덩어리인, 덩어리의 일부로서 함께 있는 사물들.
자신이 가진 구체성과 세부를 희미하게 만들며 추상적인
덩어리가 되는 데 스스럼이 없는 것들. 같이 있고 싶다고,
그렇게 속삭이며 외치며 떼를 쓰며 덩어리로서의 의지만
남은 형상. 그것은 몇 달 전 보았을 때보다 앙상하고 넝마
같고 취약해 보였으며 흰 것은 덜 희게 변해 있었으나
여전히 한 덩어리인 채였다. 목적과 이유를 요구하지 않는
움직임. 그것의 시선은 안으로만 향해 있고, 그것의 내부는
아무 곳에나 시선을 던져도 서로를 보는 것이 될 수밖에
없을 노릇으로 복잡하게 얽혀 있어서 내 것과는 마주치지
않는다.

허공에게도 처치 곤란인 처지로 매달려 있는 듯한
그것의 거대함은 보는 사람을 얼마간 겁에 질리게 한다.
겁에 질린 상태로 느릿느릿 회전하며 한데 뒤엉킨 살점들이
흔들리는 모양새를 보는 일은 애처로움을 동반한다.
그것의 틀림없이 육중할, 그러나 가느다란 골조는 다치기
쉬울 리가 없음에도 이상하리만치 연약해 보인다.
그 연약함을 살점들의 가냘픈 의지가 제멋대로 둘러싼
모양새. 처음부터 낡아 있었고 그렇기 때문에 거듭되는
미래를 겪어도 여전히 처음인 것처럼 낡아 있을 형상.
아무리 엮어도 이걸로는 부족하다는 듯이 반복되는 매듭들.

너덜거리면서도 엉켜 있기를 포기하지 않는, 얼마간의 폐허를 품고 있으면서도 끝내 그곳에 도착하지는 않을 것 같은, 제자리걸음을 향한 의지가 마음과 눈길을 끄는 것인지도 몰랐다.

그 너덜거리는 모양새는 조금도 말끔하지 않지만 어쩐지 무엇보다 깨끗하고 명료해 보였다. 하기야 살점들이 뼈에 달라붙어 있는 일에 무슨 이유가 필요하겠는가. 인과나 이치, 믿음이나 의지 같은 것을 요구하지 않는 그 단순한 엉겨 붙음, 같이 있는 상태가 가진 결연함이 있었다. 타당함을 묻지 않고, 자발적인 운동성을 갖고 싶어 하지도 않으면서 불완전한 한 덩어리로 엮여 있음에 족하는 것들. 온갖 부산물들의 집합이면서도 잔해 더미가 아닌 것. 덩어리라는 말 외에는 부를 이름을 찾을 수 없는 것. 뭐가 되었건 뭐가 되지 않았건 함께 있음만이 중요한 덩어리. 점점 왜소해지더라도, 혼미하게 축적된 시간과 먼지만이 존재를 증언하더라도 서로의 있음을 감지하고야 마는 형상. 어리석고 맹목적이고 거대하고 취약하고 희고 너덜거리는 살점들이 우글우글 서로에게 말하지. 같이 있고 싶다고. 피부를 깨뜨리며 튀어나와 뒤엉키며. 바닥도 그림자도 없이.

'같이 있고 싶다고'

이 문장에 깃든 마음이 왜 이렇게까지 마음을 끄는 것인지 알 수 없다. 아무것도 선택하지 않는 사람들. 서로를 샅샅이 뒤질수록 넓어지는 사람들. 서로가 흘린 것이라면 무엇에든

쉬이 걸려 넘어지는 사람들. 넘어진 자리에서 앉은 채로, 누운 채로, 엎드린 채로 서로를 껴안는 사람들. 넘어진 자리에서 구멍을 파고 그것을 입구라고 믿는 사람들. 아무리 흐물거리는 입구라 해도 그것을 두려워하지 않는 사람들. 출구를 죽이기를 좋아하는 사람들. 서로에게 던진 것을 주워서 맛이 있거나 없거나 체하거나 말거나 씹어 삼키는 사람들. 체한 손가락에서 검은 피가 줄줄 흐르도록 손가락을 따주는 사람들. 눈 속에 굴을 파듯이 서로를 응시하는 사람들. 이목구비가 다 허물어지도록 서로를 봐야지만 직성이 풀리는 사람들. 직성이 풀릴 때까지 서로를 바라보다 눈알을 툭툭 떨구는 사람들. 흘러내리는 이목구비를 꼭 쥔 채로 손을 잡는 사람들. 손을 잡은 채로 다시 손목을 엮는 사람들. 매듭에 매듭을 더하는 사람들. 아침마다 인간을 초월한 무엇을 향해 기도하면서도 인간의 일에만 마음을 온통 빼앗기는 사람들. 인간 바깥의 것들은 아무것도 믿지 못하는 사람들. 믿음에 방해받지 않는 사람들. 자신의 미래를 열망하면서도 궁금해하지 않는 사람들. 매 순간 격렬하게 시간을 겪고 있는 사람들. 자신들이 처해 있는 상태만을 예감하므로 예언이 필요 없는 사람들.

같이 있고 싶다고?
이 덩어리에 연루된 손들을 떠올리는 일이 왜 이렇게까지 마음을 끄는지 알 수 없다. 열 명의 사람과 스무 개의 손, 손이 행하는 스무 번 이상의 노동과 노동이 만드는 스무 개

이상의 사물. 그리고 손 주변에서 셀 수 없이 발생하는 부산물과 파편 들. 서로 멀리 떨어진 열 쌍의 손이 스무 개의 장소에서 자신이 손이라는 사실만을 수행하듯 몸에 익고 손에 밴 노동에 몰두하는 장면. 손과 손 사이의 거리. 손만이 남아 있다는 감각. 손과 재료 사이에서 떨어져 나오는 것들. 만난 적 없는 사람들, 연루된 적 없는 시간, 닿은 적 없는 손가락, 나란히 둘 수 없는 사물들, 관계를 맺은 적 없는 동료들, 시간을 나눈 적 없는 몸들도 이런 식으로 같이 있을 수 있다고.

한 덩어리가 된다면, 의심의 여지 없이 한 덩어리로 보이기만 한다면 그것이 아무리 어설프더라도, 열과 성을 다해 이어 붙여보지만 금세 틈새가 벌어지는 조각이더라도, 짝이 맞지 않더라도, 도무지 어울리는 구석이 없어도, 누구도 왜 하나인지를 묻지는 않는다고. 친밀한 적, 적대적인 친구, 유동하는 완성작, 되풀이되는 과정, 봐줄 만한 쓰레기, 미미한 물질, 비대한 마음, 뭉툭한 세부, 날카로운 표면, 우린 모두 서로를 집어삼키며 원하지. 같이 있고 싶다고. 각자가 처한 장소에서 부지런히 손을 움직이는 동안에도. 손을 잊은 것처럼 회전하며 서로의 살점들을 막무가내로 껴안는 동안에도.

같이 있고 싶다고.
비명처럼, 너덜거리는 덩어리처럼, 투명하게 들여다보이는 뼈처럼, 이음매 만들기, 매듭짓기, 접붙이기, 꿰매기, 엮기,

녹이기…… 덩어리를 만드는 방법들을 맹목적으로
사랑하면서, 시간을 흥청망청 낭비하면서, 소진되는 대신
세계를 소진시키며, 몸에 갇혀 있다는 사실을 좋아하면서,
피부 너머로 왈칵 쏟아져 시간의 표면을 흘러내리는
마음으로, 살갗을 헤치며 깡충깡충 뛰어다니는 마음으로,
박살 난 생각 사이를 굴러다니며 뭉치는 먼지처럼,
가장자리가 없는 사물처럼, 간격을 죽이며, 곁을 죽임으로써
곁 이상이 되며, 아득바득, 생떼를 쓰며, 날카로운
연약함으로, 처음부터 낡고 약한 것이 됨으로써 시간에게
보호받으며, 풍경이 되지 않으며, 이미지를 거절하며, 장소가
필요하지 않을 정도로, 한 조각의 세계도 없이, 서로에게
세계를 욱여넣으며, 무능하게, 무능성을 두려워하지 않으며,
두려움의 가능성을 빼앗기며, 두려움에 대한 앎을 모조리
앗아 가며, 같이 있고 싶다고. 이 문장과 형상과 이것에 깃든
마음이 왜 이렇게까지 마음을 끄는 것인지 알 수 없다고
말하면서, 같이 있다는 것이 무엇인지 점점 더 알 수 없게
되면서, 지금보다 더 같이 있고 싶다고.

손가락과 피부와 뼈와 마음을 덜그럭거리며 같이 있고
싶다고.
순간에 복종하는 사람들
찰나만을 아는 사람들이 기어코 획득하는 영원처럼.

* 이 글은 이미래의 〈같이 있고 싶다고(i wanna be together)〉(2019)를 재료로 작성한 것이다.

1. "[…] 내가 끝나도 자기는 소진되지 않는 덩어리." — 이미래, 『같이 있고 싶다고』, SeMA, 2021.
2. "살아남기를 좋아하면 상처가 된다." — 클라리시 리스펙토르, 『달걀과 닭』, 배수아 옮김, 봄날의책, 2019.

이미래, 〈같이 있고 싶다고〉, 2019

열 명의 아티스트로부터 작업 파편·레진·모터 및 혼합 매체, 300 × 300 × 600 cm

서울시립미술관 커미션·에르메스코리아 후원

사진: 김리윤

얼굴의 물성

도모는 얼굴이다.

몸 없는 얼굴, 몸의 부재를 망각하게 하는 얼굴이다. 몸으로부터 떨어져 나오거나 분리되었다는 인상을 주지 않는 얼굴, 얼굴이란 처음부터 단지 얼굴로서만 존재했던 것이라고 생각하게 만드는 얼굴, 얼굴 자체로 완결된 양식의 얼굴이다. 오래전에 죽은 사람의 살아 있는 얼굴이다. 맨손으로 더듬더듬 흙을 덜어내며 발굴한 것 같은 얼굴, 앙상한 골조 위로 처덕처덕 이목구비와 살을 붙여 만들어낸 것 같은 얼굴이다.

약간의 광택도 거절하며 버석하게 말라버린 불균질한 황갈색 표면의 얼굴, 빛 아래서도 광택 없이 그림자만을 거느린 표면이다. 표면만을 가진 얼굴이다. 얼기설기 맞물려 서로를 지탱하는 테라코타 살들의 얼굴이다. 이음매와 균열로 가득한 얼굴이다. 균열이 표정을 이루는 얼굴. 틈새로 스며드는 시간, 표면 위로 쏟아지는 시간을 거절하지 않는 얼굴.

오른쪽 이마를 따라 눈썹으로 흘러내리는, 미간을 가로지르는, 왼쪽 눈썹으로 이어지며 안료로 덮인 레이어 아래의 표면을 드러내는 균열을 가진 얼굴. 눈꼬리에서 이마로 넓게 거슬러 올라가며 왼쪽 얼굴에 기기묘묘한 인상을 실어주는 균열의 얼굴. 눈 밑의 연약한 살갗을 삼각형으로 가로지르며 입꼬리로 떨어지는, 다시 왼쪽 턱 끝으로 이어지며 표정을 베어버리는 균열의 얼굴. 오른쪽 입꼬리에서 시작해 뭉뚱그려진 귀쯤으로 이어지는 균열, 손가락 한 마디만 한 작고 길쭉한 구멍과 만나 그 안의 어둠을 보게 만드는 지시선 같은 균열을 가진 얼굴이다.

휑뎅그렁하게 비어 있는 눈동자. 울퉁불퉁하고 납작한 이마. 얼굴 위로 따개비처럼 들러붙은 머리카락들. 끝이 둥근 원뿔형 뒤통수를 이루는 잿빛의 조그만 흙덩이들, 얼굴을 향해 밀려오는 물결처럼 드리워진 머리카락 아래의 얼굴이다. 벽에 기대어 선 얼굴을 지탱하기 위해 만들어진 것 같은 올림머리와 맞붙은 얼굴이다. 왼쪽 관자놀이에, 콧대 한가운데에, 코끝에, 이마의 중심과 머리카락이 만나는 자리에, 입술 아래에, 얼굴 곳곳에 크고 작은 구멍들을 가진 얼굴이다. 단단하고 깨지기 쉬운 얼굴이다. 마모를 따르는 얼굴이다. 매끈한 구석이 없는 표면이다.

도모는 영원이 고여 있는 얼굴이다. 영혼 같은 것을 가운데 두고 둘러싼 흙의 얼굴이다. 영원을 가둔 얼굴이다. 군데군데 이가 빠진 얼굴. 구멍을 가진 얼굴. 구멍을 감싸는 표면으로서의 얼굴. 희고 커다란 전시장을 서성이는 사람들이 그 작고 검은 구멍으로 새어 나오는 것을 보고 있다.

*

도모는 공간이다.

지난 몇 주간 도모의 표면과 내부를 샅샅이 돌아본바, 적어도 지금은, 이것은 나만 아는 사실이다. 여기서 나 외의 생명체라곤 개미 새끼 한 마리 마주친 적 없다. 도모 어딘가에 너석이 있다면, 그것은 너석보다 작은 부피와 질량을 가진 물질인 나로서는 모를 수 없는 사건일 것이다.

도모의 주변부를 서성이는 나 이외의 존재들, 그러니까 인간들은 도모를 조각이라거나 작품이라거나 얼굴이라거나 저 여자라거나 여자의 머리라거나 하는 식으로 부르는 것 같다. 도모는 얼굴이고 사물이고 여자이고 나의 도모는 공간이다. 도모는 매끈한 직선으로 닦인 복도나 반듯한 벽, 정확한 모서리를 가진 방이 없는 공간이다. 도모는 수많은 언덕과 홈을 가진 울퉁불퉁한 표면으로 얽혀 있는 공간이다.

나는 온몸으로 도모를 감각하며 도모의 안팎을 걷는다. 휴식한다. 오가는 사람들을 구경한다. 광원을 추적한다. 불빛이 오가는 것을 본다. 도모를 느낀다. 나는 여기서 안전함을 느낀다. 먼지와 굴곡으로 이루어진 것처럼 보이는 도모의 표면에서, 이 불균질한 황갈색 위에서는 나의 갈색 몸 역시 울퉁불퉁함을 구성하는 하나의 자그마한 조각에 지나지 않기 때문이다.

나는 뚜렷하게 구분되는 특성이나 알아채기 쉬운 가시성을 지니지 않은 미미한 몸이다. 나는 보이지 않는 것처럼 보인다. 그러나 나는 분명하게 여기 있다. 그리고 내 앞의 저 인간. 구부정하게 목을 수그린 채 자신에게 허락된 거리를 유지하며 이 구멍을 들여다보려 애쓰는 저 인간. 이 구멍 안의 어둠이라거나 영혼이라거나 먼지라거나 영원 같은 것, 시간의 잔해 같은 것, 인간의 잔해 같은 것, 도모를 도모이게 하는 그 무언가를 들여다보려 애쓰는 저 인간. 저 인간의 찌푸린 미간과 실현 불가능한 충동으로 번뜩이는 눈동자.

아무튼 인간들이란 귀신을 본다는 검은 고양이나 허공을 보며 컹컹 짖는 개를 무서워하면서도 언제나 보이지 않는 것을 보려 하는 이상한 동물이다. 그리고 저 인간의 시선이 파고드는 구멍, 도모의 안쪽 공간, 여기에는 내가 있다. 물론 내게도 영혼쯤이야 있고 그러니 나를 영혼이라고 부를 수도 있겠다. 물론 내게도 지나온 시간이 있고 그러니 나를 시간이라고, 시간의 증거라고, 시간의 잔해라고 부를 수도 있겠지.

나는 새끼손가락으로 아주 살짝 누르는 것만으로도 죽일 수 있는 시간이고 영혼이다. 시간이고 영혼이므로 죽었다고 말하기에는 석연치 않다는 기분을 주는 미미한 몸이다. 도모는 적당한 어둠과 적당한 밝음, 적당한 그림자, 적당한 소음과 인파를 거느린 공간이다.

내가 죽어가기에 도모보다 완벽한 공간은 없을 것이다. 내 몸을 누인 곳, 이곳은 도모의 코끝에 마련된 공간이다. 얼굴의 중심부에 위치한 데다 울퉁불퉁한 구멍이 입구를 대신하고 있는 덕분에 도모의 내부에서는 가장 밝은 방이다. 도모를 위해 알맞게 설정된 조명이 실내로 은은하게 스며드는 한낮이다.

사람들은 코끝에 난 컴컴한 구멍 속에서 죽어 누워 있는 나를 포함한 도모, 살아 있는 공간인 도모를 보며 정말 도모의 영혼과 만난 것 같지 않냐고, 정말 이상한 체험이라고 말하면서 밝고 커다란 전시실을 빠져나간다. 내가 유령과 영혼의 차이를 이해하고 있는 것인지 잘 모르겠다. 어쨌거나, 어쩌면 나는 영혼이 되어 이 모든 것을 지켜보고는 저들의 팔 안쪽에 오소소 소름이 돋게 만드는 작고 서늘한 바람 한 줄기를 일으키며 이곳을 떠나버릴 수도 있을 것이다.

*

도모는 얼어 있던 시간이다. 도모는 녹아내리기 시작한 시간이다.

도모 앞에 선 순간 시간이 둔탁한 소리를 내며 다시 흐르기 시작했다. 도모가 그 애라는 것을 보자마자 알 수 있었다. 이목구비 따위는 중요한 것이 아니다. 도모가 그 애의 몇 번째 삶인지도. 그 애가 결코 가본 적 없을 성년의 삶에 도착해 있는 얼굴이라는 것도. 심지어 냄새조차도. 우리 사이에 낀 그 두꺼운 시간에도 불구하고 은폐는 끝났다. 밀폐는 실패했다.

시선과 닿자 녹아버린 도모의 내부에서 줄줄 흘러내린 것은 기억이 아니라 그냥 삶 자체였다. 모든 시간이었다. 마개가 빠진 호리병처럼 내 어딘가에서 지난 삶이 줄줄 새어 나왔다. 지난 삶들은 피리 소리에 반응하는 항아리 속의 뱀들처럼 구불대며 몸을 누설했다. 장면이 되기 이전의 삶. 나를 떠나지 않을 감정들. 켜켜이 쌓인 다른 삶들 속에서 아무렇게나 밀봉되어 있던 어떤 삶. 그 모든 것이 도모의 얼굴을 마주한 순간 다시 시작되어버린 것이다. 사물은 모든 것을 가둬놓기도 한다는 것을 알아버린 것이다. 시간을 무늬처럼 새기고 있거나 액체로 만들어 담고 있기도 하다는 것을.

꿈틀대며 뛰쳐나온 비선형의 시간이 사방에서 요동친다. 그리고 유실된 장면들. 이제 그날에 대한 것이라면 몇 개의 감각만이 굴러다닐 뿐이다. 하얀 털로 뒤덮인 내 작은 머리로는 그것이 나를 둘러싼 공기라는 사실을 알아채기 어려울 만큼 낯설었던, 상상해본 적 없었던 그 엄청난 열기. 땀으로 흠뻑 젖은 티셔츠 속으로 내 머리통을 집어넣어 폭 감싸안아주던 그 애, 그러니까 지금은 도모의 얼굴로 내 앞에 있는 그 애. 5년의 삶, 내 종의 시간으로는 35년 정도에 해당하는 시간 동안 맡아본 적 없었던 낯선 냄새가 맹렬하게 공기를 뒤덮고 코의 점막까지 침침하게 만들던 그 끔찍한 느낌. 냄새의 외피를 입은 재앙. 다른 모든 냄새를 집어삼키며 흘러내리던 재앙의 냄새. 그래서 땀으로 흠뻑 젖은 옷과 축축한 피부에 코가 닿아 있는데도 그 애의 냄새가 느껴지지 않던 것.

그리고 알아버린 것이다. 서울에서는 어디를 걸어도, 어디에서 창밖을 내다보아도 산을 보지 않기가 어려워 바닥만 보며 걷는 연습을 해야 했던 이유를. 숯불구이, 불란서, 불장난, 불꽃놀이, 불한증막…… '불'이라는 글자만 마주쳐도 구역질이 밀려 나왔던 이유를. 불 앞에 선다는 상상만으로도 다리가 풀려 우유를 부은 시리얼이나 오트밀 따위가 내가 만들 수 있는 음식의 전부였던 이유를. 차가운 빵이나 콩국수 같은 것, 평생 불의 기운이 느껴지지 않는 차가운 음식만을 먹으며 살아야 했던 이유를. 산의 가능성, 산의 과거, 산의 미래, 산이 품은 불, 산과 열기, 산과 재. 내가 아무리 발버둥 쳐도 벗어날 수 없었던 곤경의 시작을.

우리가 파묻혀 있을 때 그곳은 축축했던가, 버석했던가, 차가웠던가. 이제는 기억나지 않는다. 나였다면 그곳이 차갑건 뜨겁건 질퍽하건 맨손으로, 나의 냄새나고 뜨거운 손으로 헤집어 도모를 파냈을 것이다. 어찌 되었든 그 애의 얼굴은 이제 먼지 한 톨 없이 세상만사에서 벗어나 미술관의 조명 아래 있다. 미생물 대신 수많은 눈동자의 시선 아래 있다는 점을 제외하면 흙 속에 있을 때와 별다를 것도 없이. 석조 건물의 두꺼운 벽 안쪽에서 외부의 침입을 차단한 채로.

몸이 있어야 할 곳에 자리한 저 끔찍하게 새하얀 좌대라니. 아이고, 아이고, 너는 이렇게 죽지도 못하고 있구나. 반쯤 죽고 반쯤 산 채로 몇 세기를 뜬눈으로 지새우는구나. 아름다움을 제공하느라 이렇게 백주대로나 다름없는 환한 곳에, 타들어가는 피부 위로 쏟아지는 인공 빛 속에서, 누일 몸도 없이 눈을 감지도 못한 채 이렇게 있구나.

나는 울었다. 이제 그 애를 위해 바닥을 구르며 엉엉 울 수도 있는 두 손과 발이, 얼굴을 흠뻑 적실 수 있는 액체를 배출할 두 눈동자를 가졌다는 사실이 기쁘고 슬퍼서 더 거세게 울었다. 흠뻑 젖은 흰 셔츠가 등에 달라붙어 볼썽사납게 살을 비추도록 울었다. 옛날 옛적 그 애가 나의 부드러운 털에 얼굴을 묻고 흘렸던 눈물들이, 스며들어 굳었던 그것들이 이제야 새어 나오는 것 같았다.

도모의 반려종이었던 내가 사물이 된 도모 앞에 엎드린 채 경련하듯 덜덜 떨고, 머리를 쿵쿵 바닥에 찧고, 주먹 쥔 손으로 바닥을 내리치면서 아이고 아이고 울고 있다. 바깥은 열기로 가득한 여름이다. 40년 만의 폭염. 어쩌면 이대로 모든 것이 열기에 파묻힌 채 그것이 차갑게 식어 굳을 만큼의 시간이 지나고, 우리의 살은 모두 허물어지고, 뼈는 삭고 삭아 사라지고, 그것들이 있었던 빈 공간에 들이부은 석고나 유리섬유 따위로 만들어진 그 애와 내가 나란히 사물인 채로 발견될 수도 있겠다고 생각하게 만드는, 그런 열기로 가득한 여름이다.

나는 도모와 나란히 놓여 아름다운 사물로서, 아름다움을 제공하는 이미지로서 완벽할 아름다운 자세를 연구하며 매무새를 고쳐 엎드려본다. 우리의 몸 위로 쌓이는 시선들이 우리를 투명하게 다시 파묻는다. 푹신한 시간이 우리 위로 덮인다.

* 이 글은 《권진규 탄생 100주년 기념—노실의 천사》(2022. 3. 24–5. 22, 서울시립미술관 서소문 본관)에서 본 권진규의 조각 〈도모〉를 재료 삼아 쓴 것이다.

권진규, 〈도모〉, 1951

석고, 25 × 17 × 23 cm

《권진규 탄생 100주년 기념 – 노실의 천사》[서울시립미술관 서소문 본관, 서울, 2022. 3. 24 – 5. 22] 전시작

사진: 김리윤, 제공: 권진규 기념사업회

언제나 신선한 프레임

얼굴을 잃어버린 건물
이음매에서 빠진 시간[1] 앞에 있어

정면을 거부하는 얼굴만이 주변과 분리될 수 있다면
두꺼운 벽 안에서만 세계를 알아볼 수 있다면

잊으세요
당신의 생활을
번덕스러운 몸의 부피와 온도를[2]

1. "이음매에서 빠진 시간이란 자기 자신으로부터 빠져나온 시간, 제 경첩에서 빠진 시간, 자신의 장소 안으로, 자신의 현재 안으로 모아들여지지 않는 시간입니다." — 자크 데리다 · 마우리치오 페라리스, 『비밀의 취향』, 김민호 옮김, 이학사, 2022.
2. "르페브르는 전적으로 시각적 논리에 따라 디자인된 공간을 기묘한 진공상태처럼 묘사했다. 그것은 '일상의 시간, 불투명한 몸의 두께와 온기, 삶과 죽음 같은 불순한 내용을 걷어내고 순수한 형태만 남기는' 추상적 공간이다. 완벽한 시각적 질서를 성취하려는 의지가

하나의 세계가 흐릿해질 때
그만큼 환해지는 다른 세계[3]
이토록 크고 묵직한 형상
이렇게 가변적인 재료

떠나오기
주변을 잊은 채로 세계를 생각하기
끈적하게 들러붙는 지형도와 함께 서 있기
끈끈한 주변을 뜯어내는 손 갖기

꿈꾸기 위해서는 눈을 감을 것이 아니라 읽어야 한다[4]

공간을 몸으로 대한다면
영원히 변하고 있을 것처럼 연약하고 무른 지반이
각양각색의 손을 반죽처럼 삼키며 삼켜지는
몸이 있겠지

일시적이고 변덕스러운 몸을 잠재적 오염물처럼 밀어낸다." — 윤원화, 『껍질 이야기, 또는 미술의 불완전함에 관하여』, 미디어버스, 2022.

3. "사물의 세계와 이미지의 세계라는 두 세계가 있으며, 하나의 세계가 흐릿해지면 다른 세계가 그만큼 환해질 거라고 상정하게 될 것이다." — 장 폴 사르트르, 『사르트르의 상상계』, 윤정임 옮김, 기파랑, 2010.
4. 미셸 푸코, 「도서관 환상」. 번역은 주석 1과 같은 책 본문에서 발췌.

*

연약한 몸들 사이에서 움트는 호기심
더 알고 싶다
어려운 감탄에 뒤흔들리고 싶다
문턱 없는 입구를 통과하며 넘어지고 싶다

전망은 어딘지 영원 같은 면이 있었지[5]
입구들 앞의 당신은
앞으로 나아가려는 자세 때문에 약속처럼 보였지[6]

완고한 직선들
임의적인 직선들
마음껏 넘어 다닐 수 있는 그리드

입구는 풍경을 잘라낸다
입구는 보기를 제안한다
입구는 장소와 시간의 프레임이 된다
텅 빈 공간을 이미지로 변환하고
장면을 만들고
장면과 나 사이의 거리를 벌려둔다

5. 앙투안 볼로딘, 『찬란한 종착역』, 김희진 옮김, 워크룸 프레스, 2022.
6. "예술은 앞으로 나아가는 자세 때문인지 약속 같다." — 모리스 블랑쇼, 『우정』, 류재화 옮김, 그린비, 2022.

이미지를 수행하고 있는 몸과 함께 넘어지기

넓게 펼쳐진 가능성 중의 구멍들
포개지는 프레임 너머
사각형을 비집고 서 있는 원동의 내부로

*

당신은 영원을 꿈꾸는 몸과 마주한다
살아 있는 몸?[7]
무엇을 삼켜볼까

수직으로 솟구치는 거대한 형상
영영 도착하지 못할 장소를 바라봄으로써 영원이 되려 하는
문턱 없는 입구와 통로를 거느리는
빛나고 깜빡이는 작은 부분들로 이루어진 몸

7. "살아 있는 몸은 행위를 통해 자신의 상태와 위치를 변화시킬 능력이 있으므로 어디까지를 나라고 주장할 수 있는지 매 순간 새로 판단해야 한다. 지금 저것은 내 몸이 아니지만, 내가 그것을 삼킬 수 있다면 내 몸이 될 것이다. 몸은 끊임없이 자기 아닌 것에 자기를 맞대보면서 자신의 내외부를 모두 변화시킨다. 몸의 공간 또는 공간적 몸은 그런 행위의 장소이자 매개체로서 과거의 결과와 미래의 전망을 포함하는 역동적인 물질의 배치로 확장된다." — 주석 1과 같은 책.

당신은 이 몸의 둘레를 동그랗게 따라 걸으며 입구들 사이를
헤매지
더 알고 싶어 하지, 우리가 얼마나 표면에 있는지
당신의 종아리를 기어다니던 미세한 크기의 벌레를
그것의 걸음을 이해하지
통로를 향하지

영원한 현재만을 보여주는 사물이 있을까?[8]

중심부: 중심이라는 것이 존속 불가능한 세계에서 영구적인
정체성을 꿈꿨던 구조물이 드러내는 취약성

시간의 딱딱하고 허약한 매듭
충격, 베일을 찢어버리기, 시간의 난입이나 출연[9]

8. "어쩌면 삶의 이야기도 없이, 과거도 미래도 없이, 다른 사람들에게 영원한 현재만을 보여주는 사람들이 있을까?" — 올가 토카르추크, 『낮의 집, 밤의 집』, 이옥진 옮김, 민음사, 2020.
9. "디디-위베르만은 아비 바르부르크의 작업을 근거로 삼아 예술 작품은 시간적 매듭, 즉 현재와 과거의 혼합체라는 개념을 펼친다. 왜냐하면 예술 작품은 현시대의 징후적 형태로서 지난 시대로부터 지속하거나 '잔존하는' 것을 드러내기 때문이다. 그는 이러한 중층의 시간성에 접근하기 위해서는 '충격, 베일을 찢어버리기, 시간의 난입이나 출연, 프루스트와 벤야민이 무의지적 기억의 범주 안에서 우아하게 기술했던 것'이 필요하다고 썼다." — 클레어 비숍 지음, 단 페르조브스키 그림, 『래디컬 뮤지엄』, 김해주 · 현시원 · 구정연 · 임경용 · 윤지원 · 우현정 옮김, 현실문화, 2016.

미술관에 기거하는 동선 기둥 벽 그리드 입구들
현재들
순간들
이 순간이 어디에서도 시작되지 않고 어디에서도 끝나지
않는다면[10]

영원 중에서 가장 뒤늦게 달려가는 부분인 시간[11]
시간 말고 공간을 통해 미래를 상상하기[12]

미래는 환상일까?
'그리고' 과거도 '그리고' (중첩되는) 현재도[13]

10. "수도원에서는 과거와 미래 사이에 별다른 차이가 없기 때문에, 아마도 계절의 빛깔을 제외하고는 시간과 사람들의 생활에 큰 변화가 없을 것이기 때문에 수도사들은 늘 현재에 산다. 바깥세상에서 사람들은 그저 찰나에 지나지 않는 순간을 살지만, 이곳에서 이 순간은 그 어디에서도 시작되지 않고 그 어디에서도 끝나지 않는다." — 주석 8과 같은 책.
11. "시간이란 영원 중에서 가장 뒤늦게 달려가는 부분이다." — 밀로라드 파비치, 『하자르 사전』, 신현철 옮김, 열린책들, 2011.
12. "하자르인들은 시간이 아니라 공간을 통해 미래를 상상한다." — 주석 11과 같은 책.
13. "아인슈타인이 미래는 환상이라고 말했어요. 로버트가 말한다. '그리고' 과거도요. '그리고' 현재도요. / 변화는 막을 수가 없어. 아름다운 손님 샬럿과 함께 온 남자가 말한다. / 로버트는 그의 말을 처음으로 듣는다. / 변화는 그냥 오는 거야. 남자가 말한다. 필연처럼 오게 돼 있어. 거기에 따라가며 그것이 우리에게 주는 걸 갖고 뭔가를 이뤄 내야 해." — 앨리 스미스, 『여름』, 김재성 옮김, 민음사, 2022.

*

깨어지고 부서진 시간을 담기 위한 공간
파열된 시간의 틈새를 벌리고 세운 곳
고장 난 약속을 지키기 위해 애쓰는 장소[14]

팽팽하게 당겨진 선과 선과 선과 선의 그리드[15]
이 연약함이 당신을 슬프게 할지도 모르지
우리는 벽을 요구받았던 시간을 지나 계속 걸었지

기둥은 공간을 형성하는 논리입니다
기둥은 심리적인 체계입니다

14. "이를테면 조르조 아감벤은 동시대를 시간적 파열에 근거한 상태로 상정하고 이렇게 쓰고 있다. 동시대적임은 '시차와 시대 착오를 통해 시대에 들러붙음으로써 시대와 맺는 관계이다'. 그리고 이 같은 시기상조나 시간의 차이에 의해서만 자신이 사는 시대를 진정하게 응시할 수 있다. 그는 동시대적임을 '시대의 어둠에 시선을 고정하고' '펑크 낼 수밖에 없는 약속 시간을 지키는 것'으로 묘사했다."
— 주석 9와 같은 책.

15. "그리드의 요점은 서로 다른 긴장들이 모두 균형을 이루고 있다는 점이다. 네 가지 다른 힘이 모두 균등하게 맞물린다. 우리는 이 점을 본능적으로 느낀다. 왜냐하면 선이 팽팽히 당겨지지 않으면 그냥 널브러지기 때문이다. 그림들은 너무 크고, 또 오랜 시간을 들인 지극히 꼼꼼하고 반복적인 노동의 산물임이 자명하며, 어떤 힘들이 장악되고 있는지, 어떤 종류의 갈망이 누그러지는지의 질문들을 하게 만든다."
— 올리비아 랭, 『에브리-바디』, 김병화 옮김, 어크로스, 2022.

작품의 요구에 따르는 흐리고 연한 그리드
임시적인 체계
그런 형식들은 우리를 응시하는 얼굴처럼 보였지
갱신된 재료들
망령처럼 남겨진 기둥들
사라지지 않는 조용히 한곳에 머무는
오래 산 몸
그것을 빌려 쓰기[16]

우리가 보는 것은 언제나 누군가의 꿈일지도 모르지
반복되는 꿈
반복되는 구조도 새로움을 소진시킬 수 없었지

깊이를 확보하기 위한 노력
사라지지 않는 지나간 시간

16. "전통적으로 이 무대에서 물리적인 몸의 역할은 정신을 위한 지지체로 한정되었다. 다시 말해 미술 전시장의 몸은 유기적인 것과 무기적인 것을 불문하고 추상적인 정신의 원리에 따라 규제되었는데, 이는 미술이 몸과 불화하는 정신의 피난처로서 '은총'을 베풀 수 있었던 비결이었다. 순수한 미술의 공간에서 몸은 정신의 매개자로서 사라지는 것이 아니라 침묵하는 매체로 거기 남아 정신을 대변해야 했다. '이곳은 정신의 집이며, 여기 들어오는 모든 것은 정신의 몸이 되어야 한다.' 이것이 건축적 장식과 설비가 최소화된 백색 전시 공간에 각인된 명령이었다. 하지만 그 명령은 의식되는 순간부터 재해석되고 수정되고 삭제되고 훼손되고 더 나아가 망각되기 시작했다."
—주석 1과 같은 책.

중첩된 시간들이 가장 두터운 건물을 만드네
기둥과 벽과 돌이 동시대의 머리통을 헝클어뜨리네
몸 없는 손길
문 없는 입구들
열 수도 닫을 수도 없는

언제나 천진한 얼굴로 시간을 마주하기

요지부동의 기둥들 사이에서
불필요한 벽들을 벗으면서
문 없는 입구들을 만들면서
몸이 있는 곳으로 돌아가기[17]

*

아무렇게나 우는 어린 짐승들 소리
미술관 주변의 시간들이 미술관의 시간을 함부로 침범하네

여기엔 적어도 제대로 된 밤이 있어
정말로 불을 끌 수 있잖아
시간을 수장고에 집어넣고 어둠에 담글 수 있잖아

17. "미술관은 우리의 물리적 존재를 상기시키면서 몸이 있는 곳으로 우리를 되돌린다."—주석 1과 같은 책.

도열하는 기둥
흘러가는 벽
계속 열리는 입구들
순환하는 동선
배반당하는 시간

프레임 안팎이 서로를 마주 볼 수 있다면
모든 벽은 입구가 될 가능성이라면
문을 만들지 않으며 떠도는 벽과 함께
태어나는 전망들

너는 시간의 성질을 배신하려 하네[18]

제가 풍경을 누비는 걸까요, 앞으로 나아가는 걸까요?
확신할 수가 없습니다[19]

당신은 입구들을 통과해 문을 나선다
출구 있는 세계[20]

18. "다시 한 번 동시대성은 시간성과의 이율배반적인 관계로 자리 잡는다. 예컨대 테이트 모던의 '모두를 위한 무엇'이라는 상대주의와는 달리, 메텔코바 동시대 미술관은 '해방적인 사회의 잠재성을 지녔다고 역사적으로 검증된 전통'을 지지한다." — 주석 9와 같은 책.
19. "제가 풍경을 누비는 걸까요, 앞으로 나아가는 걸까요? 확신할 수가 없습니다." — 마르그리트 뒤라스 · 장-뤽 고다르, 『뒤라스×고다르 대화』, 신은실 옮김, 문학과지성사, 2022.

이 장소의 일부였던 당신의 기억하는 몸으로
연약하게 끈질기게 걷는다[21]

프레임 바깥으로 추방된 것들이 한 번에 밀려오는
너머를 믿는다

그것을 미래라고 부르며 걷는
어린 짐승들의 발자국에 걸음을 포갠다

20. "박물관은 출구 없는 세계이며, 고독한 지속 공간이며, 인간의 자유와 지배력이 유일하게 실현되는, 그래서 유일하게 진짜 이야기가 있는 곳이라고 생각하는 것 같다. 상상의 박물관, 그리고 자유로워지기 위해 거기 갇히는 신종 예술가. 바로 이런 게 예술이라고 말하는 것 같다. 거기에 모든 예술적 창조에 관한 정보가 다 있다." — 주석 6과 같은 책.
21. "그러나 어떤 장소에 들어가는 자는 잠시나마 그 장소의 일부가 되며, 그중 무언가를 기억에 담아 경계선 바깥으로 가져 나온다. 그런 식으로 몸과 이미지 사이에서 우리의 삶이 이어진다. 그것은 아직 다 부서지지 않은 것들이 자기가 아닌 무언가를 실어 나르는 연약하지만 끈질긴 행렬이다." — 주석 1과 같은 책.

* 이 글은《젊은모색 2023: 미술관을 위한 주석》(2023. 4. 27–9. 10, MMCA 과천)을 재료 삼아 쓴 것이다.

표면을 뒤집으며 떠다니기

부유하며 걷기

내가 가장 아름다운 것으로 기억하는 산책 중 하나는 거대한 호숫가를 따라 해변까지 걸었던 일이다. 호수 둘레를 따라 조성된 산책로를 15분 남짓 걸으면 호수와 바다가 만나며 섞이는 지점이 나오고, 거기서 조금 더 걸으면 별안간 광활하게 펼쳐지는 바다를 마주하게 된다. 호수 표면은 주변을 끌어들여 반영하기 위해 존재하는 얇은 막처럼 있었다. 하늘의 색을 맹목적으로 따르는 물의 색. 무척 맑고 바람이 잠잠했던 날씨와 날씨를 반영하듯 주름 하나 없이 매끈한 수면, 멀리서 밀려오는 미미한 물결들. 그날 그곳의 빛과 날씨와 사물과 생물, 모든 자연현상이 호수의 표면을 이룬다.

『플로트』 안에서 얇은 소책자 사이를, 종이와 단어와 문장과 빈칸 들 사이를 떠다니는 동안 나는 이 산책을 떠올렸다. 호숫가에서 자라는 나무와 풀, 반쯤 물에 잠긴 수초, 돌멩이, 모든 것을 지반 삼아 자라는 이끼를. 어지럽게 뒤엉킨 실타래 같은 수초의 가느다란 윤곽을 따라 반짝이며 흐르는 빛을. 수면 아래의 아득한 침침함을 밀어내듯이 떠다니는 오리들을. 수면을 평평하고 탄성 있는 땅인 것처럼 보여주는, 물을 두드리듯이 물 위를 가볍게 통통 뛰어다니는 새들을. 주위로 번지는 물 주름만이 존재를 증언하는 아주 작은 벌레들을. 해변에 밀려온 부표와 해초 들을. 해초에 얽힌 비닐들을. 떠다니며 만나고 뒤엉키고 다시 흩어지고 통과하고 반대편에 도달하는 것들을.

이 책 속의 무대와 관객, 강연자와 청중, 코러스, 시구, 조각, 미술가, 작가, 시인, 철학자, 앤 카슨의 가족과 친지 들, 그리스신화 속 신들…… 떠다니는 것들을 서로 만나게 하는 표면으로서의 책. 이 책의 내부를 서성이는 동안 어쩔 수 없이 그 호숫가를, 그날의 걷기를 떠올리게 되었다. 이것을 어떻게 읽어야 할까. 새처럼 책의 표면을 두드리듯 걸어볼까. 오리처럼 떠다니면서 발에 걸리는 수면 아래의 것들을 자세히 살펴볼까. 미미한 물 주름을 만드는 작은 벌레처럼 글자 하나하나의 가장자리를 꼼꼼하게 더듬어볼까. 아무것도 없어 보이는 모래에 코를 박고 냄새를 맡던 나의 개처럼 여백과 구두점에 온정신을 집중해볼까.

걸으며 부유하기

매끈한 표면은 손상되기 쉽지만, 물은 언제나 유동하는 부드러운 재료다. 끊임없이 손상을 덮어쓰기 하며 표면의 매끈함을 지킨다. 모든 손상을 임시적인 것으로 만든다.

떠다니기는 스스로 움직이지 않고도 가장 먼 곳까지 갈 수 있는 방법이다.

떠다니는 자는 어디로 향하지 않으며 어딘가에 도착한다.

발견된다.

과정으로서의 녹이기

표면은 주변을 응고시킨다. 표면은 떠다니는 풍경을 만든다. 표면은 빛에 동작을 준다. 『플로트』를 구성하는 스물두 개의 조각을 감싼 투명한 플라스틱 표면, 내부로부터도 외부의 풍경으로부터도 자유로울 수 없는 그 표면을 보며 나는 주변을 응고시키는 로니 혼의 유리 조각을 떠올린다. 날카로운 모서리 없이 뭉툭하게 마감된 지름 1미터가량의 동그란 물질. 빛이 맺힐 자리를 허용하지 않는 부드러운 꺾임면과 더불어 성에 낀 창문을 연상시키는 질감의 뿌옇고 반투명한 옆면은 조각에게 피부를 주고, 피부는 내부와 외부를 구분 짓는다. 상기된 살갗처럼 옅은 분홍빛을 띤

완고한 가장자리. 그리고 투명하고 매끄러운, 완만한 곡선으로 볼록한 윗면. 안팎을 포개놓는, 조각을 둘러싼 풍경의 간섭 없이는 그것을 바라볼 수 없게 만드는 표면. 이 표면 때문에 로니 혼의 조각은 스스로 시선을 가진 눈동자처럼 보인다.

그는 이 조각을 새와 자신의 뒤통수를 촬영한 사진 사이에 덩그러니 놓아둔다. 그리고 앤 카슨은 이 전시에 부치는 글[1]에서 이것을 소란스러운 천사들에게 분노한 아버지가 그들을 녹여 만든 것이라고 쓴다. "천사들이 녹아갈 때 그들은 시대에 따라 진화하는 것처럼 보였다: 처음에는 천상의 존재들, 그다음에는 선사시대의 새들, 그다음에는 일반적인 갈매기들, 그다음에는 그냥 걸어가는 두 발 달린 인간들, 그다음에는 유리. 그들은 그냥 유리 속으로 걸어갔다."

『플로트』를 감싼 아크릴 표면 역시 이런 물질일지도 모른다. 처음에는 그리스신화 속 신들, 그다음에는 몇 세기 전의 예술가들, 그다음에는 동시대 예술가들, 그다음에는 지금 여기서 이 책을 읽는 우리. 그들은 그냥 『플로트』 속으로 걸어갔다.

찾아보기, 바라보기, 만지기

브리지트 바르도의 표면을 생각한다. 바르도의 얼굴, 눈동자, 머리카락, 피부, 어깨부터 발가락까지. 고다르의 카메라에 내맡겨진, 시선이 부유할 표면을 기꺼이 내어주는 온몸을. "비밀이어야 하는 비밀로서, 뭔가 엄청난 것이" 되는. "선물이어야만 하는 선물로서" 존재하는, 그러나 "우리가 그녀를 소유할 형편이 안" 됨을 알려주는 표면을. 노년의 고다르는 영화는 질문을 던지지 않고 답도 주지 않는다고 말했다. 그러고 덧붙인다. "아이들은 왜냐고 묻지 않는다. 찾아보고 바라보고 만진다."[2]

이 책에서 앤 카슨은 묻지 않는다. 답도 주지 않는다. 떠다닌다. 당신이 가만히 누운 채 물 위를 떠다니고 있다고 상상해보자. 눈은 하늘의 미세한 변화를 바라보고, 새나 구름의 궤적을 찾아본다. 수면에 닿은 등과 손바닥은 당신이 의식하지 않는 동안에도 물을 만진다. '떠다니기'는 찾아보기, 바라보기, 만지기를 모두 포함하는 상태다. 물론 모두 표면에서 일어나는 일이다.

푹푹 꺼지는 표면을 떠다니기

『플로트』는 표면에서 미끄러지는 말들이다. 『플로트』는 표면을 부수는 생각이다. 『플로트』는 헤집고 다닌다. "사색 속에서 상냥하게 섞이는 걸 허용하는" 세계의 겹들 사이를. 언어의 여러 갈래와 그 기원을, 의미와 기호 사이를, 시와 산문과 희곡과 강연록, 비평, 축사, 번역…… 글의 종류를 구분 짓는 단어들 사이를. 숲 한가운데서 헤매듯이. 눈송이 사이사이를 서성이듯이. 눈을 녹여버리는 온도의 표면으로서, 그리고 눈이 닿은 순간의 차가움을 영원히 기억하는 표면으로서. "눈이 베푸는 보살핌의 바로 한가운데서" 떠다니기란 표면에 파고드는 일임을, 작은 입자들이 수북이 쌓여 만든 표면에 발이 푹푹 빠지는 일임을, 빠진 발을 꺼내어 다시 차갑고 아늑한 표면을 헤매고 다니는 일임을 알게 해주면서. 표면을 떠다니는 자는 자신의 살갗과 맞닿은 표면을 가진 세계를 알지 못한다. 그것을 모르는 채로 그것을 이해한다.

떠다니며 만나기

떠다니는 것들은 만날 일 없이도 만난다. 이들의 만남에는 세계의 표면을 '떠다닌다'라는 것 외에 다른 인과가 필요하지 않다. 조류에 휩쓸리며, 변화에 순응하며, 우연에 몸을 기대며. 부딪치고 스며들고 뒤엉킨 채로 한데 뭉쳐서, 또는 다시 풀어지며 다른 속도와 방향으로 떠다닌다.

크리스마스 전구. 해초에 매달린 낙엽들. 수초 사이사이를 집요하게 파고들며 흐르는 빛. 부표에 붙은

미역. 미역에 엉킨 작은 플라스틱 조각들. 앤 카슨의 삼촌과
거트루드 스타인, 카산드라와 고든 마타-클라크,
오디세우스와 마이크 켈리와 브리지트 바르도, 프랜시스
베이컨과 프리드리히 횔덜린, 헤겔과 크리스마스,
오르페우스와 프랭크 오하라…… 그리고 『플로트』를 읽는
동안 이 물결 위를 함께 떠다닐 당신. "거트루드 스타인이
구릉을 보고 말했듯이, 그는 먼것을 아주 가까이 끌어다
울타리로 삼는 사람이었습니다." 우연에 비하면 인과는
얼마나 연약한가.

언어의 안쪽을 떠다니기

『플로트』는 가림막을 한 꺼풀 벗겨낸 세계를 보여주기보다
차라리 가림막을 뒤집어 보여주기를 택한다. 어원을 더듬고,
서로 다른 시간과 언어들 사이를 헤매며 하나의 정확함 대신
여러 개의 '조금 미쳐 있음'을, 조금 미쳐 있는 것의
아름다움을 캐낸다. "수년간 강박적인 수정 작업을 거치며
이상한 문장을 더 이상한 문장으로 몰아"간 횔덜린이
오락가락 거닌 작은 방 안을 보여준다. 죽어야 하는 운명을
가진 인간이 캐내기는 힘든 것. 그러나 언어는 인간이
캐내지 못한 것을 그냥 만들어버리는 재료다. 명확한 기호인
언어는 떠다니고 다른 언어와 뒤섞이고 얼굴이라 믿었던

곳에 흰 물감을 흩뿌리며 우리보다 오래 살 것이다. 신들은 이런 일을 할 수 없다.

"그건 멀어버린 눈이 아니다. 그 눈은 열정적으로 보는 중이지만 일반적인 방식으로 조직된 보기는 아니다. 보는 행위가 그림 '뒤에서' 렘브란트의 눈으로 들어오고 있는 듯하다. 그리고 그의 시선이 앞으로, 우리 쪽으로 보내고 있는 것은 깊은 침묵이다."

떠다니며 우리의 눈이 향하는 곳은 어디일까. 우리가 마주 보는 눈은 무엇을 보고 있는 것일까. 우리가 마주한 것은 시선의 출발점인 표면일까, 아니면 더 깊은 데로 뚫린 구멍일까.

광택을 자르기

앤 카슨은 조각조각 자른 속담을 다른 속담과 함께 꿰매어 '그린' 로니 혼의 〈Hack Wit〉에 대한 응답으로 「Hack Gloss」를 썼다. 존 클레어, 뮤리얼 루카이저, 월리스 스티븐스의 시, 그리고 데이브 힌캠프와 나눈 사적인 대화를 조각조각 자르고 꿰맨 글. 또는 바느질 가능한 상태의 재료로 놓아둔 글. "문장과 꿰매기의 차이점은 무엇일까?"[3] 꿰매기란 흩어진 조각들을 한 덩어리로 만드는 일. 그리고 그것들이 조각의 집합임을, 불완전한 전체임을 숨김없이 드러내는 일이다. 'Gloss'를 광택으로 번역한다면, 광택을 자른다는 건 뭘까. 무엇의 광택을 자르는 것일까? 본래의 시, 온전한 한 편의 시가 가진 광택일까? 온전함이란 애초에 시에 주어질 수 있는 성질의 것이 맞나? "나는 그녀가 단지 재배치의 문제일 뿐이라고 말할 시를 만들고 있어."[4]

다중 표면 만들기

사물을 자르면 나타나는 단면, 본디 내부였던 그곳은 시선 아래 노출된 표면이 된다. 고든 마타-클라크는 평생 이런 식으로 표면을 확장하는 작업을 해왔다고 말할 수도 있을 것이다. 앤 카슨의 눈앞에서는 단어가 가진 "얇은 가장자리"가 반짝이며 모습을 드러내는 것 같다. 여기에 칼을 넣고 자르면 된다고 말하며. 카슨은 잘 벼린 칼로 그것을 자른다. 그의 방식 역시 "안에 있는 것이 보일 때까지" 표면을 자르는 것, 그러면서도 본래의 표면을 나름의 요량으로 보존하는 것이다. "어원학자는 절단을 통해 사물의 내부에 떠 있는 상태로서의 존재를, 그것이 어떻게 떠 있는지를, 그것이 어떻게 뜰 수 있는지를 보여준다." 그리고 잘린 단어들은 떠다니기를 위한 새로운 표면을 제공한다.

옷소매를 뒤집기

떠다니기는 표면에서 일어나는 일이다.

떠다니기는 얇은 막을 사이에 두고 반대편과 닿아 있는 일이다.

떠다니기는 매 순간 속한 장소를 벗어나는 일이다.

떠다니기는 부드럽게 움직이며 규칙성을 부수는 일이다.

우리가 떠 있는 표면은 사실 뒤집힌 안쪽일지도 모른다.

당신 역시 솔기에 부딪칠지도 모른다고, 이 표면을 떠다니다 만난 사람이 얘기해주었다.

자신이 솔기와 부딪쳤을 때 그것은 따뜻하고 부드러웠다고. 침침하고 아늑했다고.

레비나스는 표면이란 시선에게 주어지는 것이고, 우리는 옷소매를 뒤집을 수 있다고 했다.[5]

떠다니기는 얇은 막을 사이에 두고 반대편과 닿아 있는 일이다.

당신은 표면을 떠다니기를 선택할 수 있다.

당신과 닿은 표면을 뒤집어버리기를 선택할 수도 있다.

뒤집힌 안쪽은 다시 표면이 될 것이다.

격렬하게 불변하기

「격렬하게 불변하는」은 앤 카슨이 로니 혼의 설치미술 작업과 이를 둘러싼 일련의 프로젝트 〈Library of Water〉를 위해 쓴 글이다. 〈Library of Water〉는 아이슬란드 주변의 빙하에서 채취한 물을 담고 있는 스물네 개의 투명한 유리 기둥으로 구성된 공간이다. 바닥에는 날씨와 관련된 아이슬란드어 단어들이 별자리처럼 흩어져 있고, 빛은 물과 마찬가지로 "격렬하게 불변하며" 이 녹은 빙하들의 도서관에 관여한다. 앤 카슨의 글을 읽으며 이 투명하고 매끈한 표면, 불변하는 표면을 갖게 된 빙하에 밤이 내려앉는 것을 상상해본다. 불을 끄고 도서관을 나서는 순간 보게 될, 어스름한 달빛만이 이 불변의 표면을 맴돌며 검푸르게 빛나는 풍경을. 격렬하게 격변하는 아이슬란드의 날씨 속에서 불변하는, 캄캄한 빙하를.

로니 혼은 이 작업의 연계 프로젝트인 〈Weather reports you〉에 대해 다음과 같은 설명을 덧붙인다. "날씨는 세계의 대기에 대한 은유이다; 날씨는 한 사람의 삶에 존재하는 대기에 대한 은유이다; 날씨는 사람과 장소의 물리적·형이상학적·정치적·사회적·도덕적 에너지에 대한 은유이다."

다시, 나는 『플로트』가 푸르고 투명한 상자에서 낙하하여 바닥에 흩어졌을 때 떠올렸던 그 호숫가로 돌아간다. 호수의 표면은 날씨의 상이다. 세계의 대기에 대한 은유의 상, 한 사람의 삶에 존재하는 대기에 대한 은유의 상, 사람과 장소의 물리적·형이상학적·정치적·사회적·도덕적 에너지에 대한 은유의 상. 다시, 수면을 떠다니는 것에서 시작한다. 그런 곳을 떠다니기란 언제나 새롭게 어리둥절한 일이다.

떠다니기를 바라보기

호수를 떠다니는 오리들을 위에서, 수직으로 멀어진 자리에서 바라보면 하늘을 떠다니는 것처럼 보일 것이다.

표면은 내부의 피부다. 외부의 반영이다.

떠다니기는 표면을 뒤집는 인간의 일이다.

* 이 글은 앤 카슨(Anne Carson)의 『플로트』(신해경 옮김, 봄날의책, 2023)를 재료 삼아 쓴 것이며, 큰따옴표 안의 문장들은 모두 이 책에서 발췌한 것이다.

1. 앤 카슨이 로니 혼 개인전 《로니 혼》(2020. 10. 24–12. 5, i8갤러리)을 위해 쓴 글 「무제[Pink]」의 일부.
2. 영화 〈씨 유 프라이데이, 로빈슨〉(미트라 파라하니, 2022)에서 고다르가 한 말.
3. 로니 혼의 『Hack Wit』(Steidl, 2015)에 실린 앤 카슨의 글 「Hack Gloss」의 일부.
4. 주석 3과 같은 글의 일부.
5. 에마뉘엘 레비나스, 『전체성과 무한』, 김도형 · 문성원 · 손영창 옮김, 그린비, 2018.

불투명한 빛을 투명하게 걸어두기

빛을 설명하기

우리는 크게 열린 문을 통해 안으로 들어왔다. 홀은 밝은 조명을 받고 있었고 더 바깥쪽은 빛 때문에 수시로 멈추는 밤이었다.[1] 이 밤은 작은 빛 하나 숨겨주지 못하는구나. 이제 어떤 빛도 멈출 수 없는 밤이란 그림 속에나 있구나. 밝음도 어둠도 아닌 밤. 너에게 빛을 보여주고 싶다. 빛을 덧씌운 사물이 아니라 빛 그 자체를. 무언가를 정말로 알 것 같다는 느낌을 동반하는, 그런 응시를 주고 싶다. 너에게 빛을 설명하고 싶다. 네가 눈을 감은 채 만지고 있는 사물을 묘사하는 것이 아니라, 사물의 내부에서 함께 그것을 더듬어가며 바깥으로 나오듯이.

그래, 더듬으며 바깥으로 향할 수 있는 내부를 만들자. 이 공간을 이루는 네 개의 면처럼 불투명한 벽을. 몸을 가진 자는 통과할 수 없는 것. 은빛 안료를 고르게 바른 매끈한 표면. 응시의 오브제가 자신의 눈부신 가능성의 조건으로 되돌아가는 것을 시간 속에서 기다리기, 그리고 응시하기. 빛은 장소가 되고, 장소는 하나의 실체가 된다.[2]

이것은 빛이야. 네가 만져볼 수 있는, 이 공간의 내부이자 이 벽의 외부인 것. 나는 너에게 빛을 설명하려 애쓰며 벽에 걸린 빛을 가리키지만, 불투명한 안료의 표면은 투명하게 이 공간을 떠도는 빛의 간섭을 피하지 못하네. 우리는 캔버스 표면을 맴도는 광원의 형태를 확인할 따름이다. 사람이 만든 빛, 우리가 나누어 받고 있는 같은 빛. 눈과 몸 사이의 거리를 벌려놓는 공간, 이 공간이 우리에게 요구하는 간격. 전조등을 켠 차가 바깥의 밤을 지나갈 때, 은빛 표면과 우리의 등을 동시에 가로지르는 섬광.

빛을 마주 보기

모든 회화는 그 배후에 들러붙은 흐릿함에 등을 돌린 채로 경련하듯이 빛나고 있다는 데 생각이 미쳤다.[3] 은분이 고르게 칠해진 바탕, 왼쪽 모서리부터 둥글게 번지기 시작하는 빛. 오른쪽으로 두 걸음, 왼쪽으로 다시 한 걸음. 어느 각도에서 바라봐도 그림이 고르게 나눠 가질 수 없는 밝기. 그래, 이거면 되겠다. 너에게 빛을, 몸 없이 어디든 가는 빛을, 아무 의지 없이도 움직이는 빛을 설명할 수 있겠다.

몸과 피부를 가진 것처럼 보여줄 수 있겠다. 그러나 레이는 자신은 빛을 모르며, 한 번도 빛을 본 적이 없다고 말한다.

전시장을 나오면 그늘 한 점 없는 여름 한낮. 우리는 햇빛 속에 내던져져 사라질 처지인 채로 테라스에 앉아 얼음이 든 차를 마신다. 유리잔에 담긴 빛, 얼음의 윤곽을 따라 흘러내리는 빛. 빛을 모르고 한 번도 빛을 본 적이 없는 레이는 눈이 부신 사람의 얼굴을 하고 있다. 가늘게 열린 눈꺼풀 사이로 보이는 눈동자, 눈동자에 비친 햇빛, 속눈썹 그림자. 나는 레이를 대신해 손차양을 만들어줘야 할까, 자리를 바꿔 앉아 빛을 등지게 해줘야 할까 고민하며 빛에 속해 있다.

빛을 등지기

그날 내가 찍힌 사진에는 선명한 햇무리가 함께 찍혀 있었다. 광원이 두르고 있는 온갖 빛깔의 원. 어둠에 잠긴 몸의 윤곽, 빛이 퇴거시킨 이목구비 뒤로. 화려하게 꾸민 광배처럼.

불타는 빛을 배우기

오늘 서울 하늘에서는 "불 무지개(Fire Rainbow)"[4] 라고 불리는 기상 현상을 관측할 수 있습니다. 회화는 창문을 통해 안쪽을 들여다보고, 창문은 회화를 통해 바깥을 내다본다. 저 평면에게 빛이 되는 법을 배우자. 창문과 캔버스는 서로를 마주 보며 생각한다. 빛을 마주 보다 빛을 등지며, 서로의 얼굴이 빛을 받아내는 방식에 감탄하며.

빛에서 벗어나기

밝음과 어둠은 기본적으로 세상에 의해 주어진 것이지만, 세계를 충분히 투명하게 이해하는 데 해를 끼칠 수 있다.[5] 당신은 빛을 잘 구성하기 위해 현실적인 빛으로부터 완전히 벗어난다. 빛을 뒤틀고 개혁하기 위해 빛으로부터 벗어난다.[6]

시작하자. 네 개의 흰 벽을 만드는 것부터. 네 개의 흰 벽을 투명하게 지우는 것부터. 자연을 차단하는, 자연으로부터 달아나는, 자연을 밀어내며 건설된 이 벽들은 회화를 위한 자연을 제공할 것이다. 우리가 만든 빛. 우리가 만든 자연. 당신은 투명한 대기 위에 출현할 것을 기다리고 있었다. 네 개의 정확한 모서리를 가진 표면을. 그것이 우리가 만든 빛 속에서 자신의 윤곽을 선명하게 오려내기를.

새하얗고 두꺼운 이 벽들을 투명하게 지워냄으로써 마침내 새로운 자연에 도달하기를. 그러나 몸 없는 빛. 아무것도 선택하지 않는, 의도하지 않는, 어디든 도달하는 빛. 이 은빛 표면은 빛의 피부가 되어줄 따름이다.

조명 좀 꺼주시겠습니까? 의도가 깃든 빛이 사라지자 은빛 표면은 벽과 함께 움직이며 투명을 향한다. 프레임을 붙잡아보세요. 모서리를 쓰다듬는 손 위로 포개지는, 숨어든 빛. 악의도 선의도, 어떤 의도도 없는 빛. 우리를 분별없이 비추는 빛. 당신의 귓불에 매달려 흔들리는 크리스털 조각을 통과한 그것은 은빛 표면과 흰 표면 위에 골고루 색색의 빛 조각을 흩뿌린다. 뼈 없이 피부만 가진 것 같은, 화려하고 투명한 빛 파편들. 모서리 안팎을, 모서리로부터 뻗어 나오는 직선을 자유롭게 넘어 다니는.

빛을 무너트리기

세상이 세상의 이미지를 만나면, 이미지는 무너진다.[7] 무너진다……. 너는 무너진다는 말을 반복해서 생각하며 캔버스 앞에 서 있다. 너를 둘러싼 대기와 네 앞의 캔버스 중 어떤 것을 세상이라고, 또 어떤 것을 세상의 이미지라고 할 수 있을까. 너를 둘러싼 새하얀 실내 공간. 자연광과 비슷한 조도를 유지하지만 네가 한 번도 겪은 적 없는 날씨. 색을 정확하게 비추라는 요구에 부응하는 환함을 갖춘 빛.

이 빛은 너에게 관객으로서의 태도를 요구하는 이미지로 작동한다.

너는 관객으로서 네 앞의 회화를 본다. 한 발, 다시 한 발 더. 점점 더 가까이서. 캔버스의 표면에 깃든 반투명한 색연필 자국, 불투명한 안료 아래 감춰진 천의 질감까지 도달하는 빛과 빛이 만드는 그림자를 볼 수 있을 만큼 충분히 가까이. 그러나 관객의 태도를 잃어버리지 않을 만큼 멀리. 빛의 피부가 되어주고 있는 캔버스 표면. 피부를 겹겹이 파고들며 포개지는, 표면과 자신 사이에 빈 공간을 만드는 온갖 빛깔의 선. 한 발, 다시 한 발 더. 멀어질수록 색채의 군락을 이루며 면으로 떠오르는 선 다발을.

너의 응시와 떠다니는 선과 은빛 표면 사이의 거리가, 색색의 광선이 만드는 모호한 입체감이 이 공간에서 유일한 깊이인 것 같다고 너는 생각한다. 때마침 문이 열리고, 열린 문의 윤곽을 따라 대각선으로 들어오는 빛. 캔버스 표면에 환한 사다리꼴을 그리는, 투명한 창문을 뚫는. 너는 오려져 앞으로 떠오르는 것 같기도, 열린 창문 너머로 멀어지는 것 같기도 한 회화의 부분을 본다. 조금 전에 네가 보았던 것과 같다고 할 수 없는 높은 채도의 빛 꼬리들. 더 크게 열리는 전시장 문으로 들어온 햇빛은 너의 목덜미로 쏟아지고, 빛을 받아 하얗게 뭉개지며 벽과 뒤섞이는 너의 윤곽을 비춘다.

빛을 숨기기

대상들은 그 자신의 빛을 가지지 못한다. 그것은 빌려 온 빛을 수용한다.[8] 빌려 온 빛을 수용하는 캔버스, 빛이 되려 하는 회화. 빛 자체를 그릴 수 있을까? 대기에 숨겨진 물방울들, 아주 작은 얼음 조각들. 빛에게 발각되는 순간 스펙트럼이 되는. 대기에 새겨진 무늬처럼 보이지만 대기의 일부로 존재해왔던 것. 빛과 물방울은 이 은빛 표면에 새겨진 무늬인지, 표면의 일부인지, 표피 안쪽에서 발생한 것인지 모호한 깊이로 반만 숨는 데 성공한 것 같다. 그러나 투명하게 떠도는 미래의 빛 속에서 절반의 성공은 완전한 실패로 돌아갈 것이다.

빛 대신 다른 것을 망각하기

여기 이 프레임 안의 연약한 자연을 봐. 빛에게 영토를 주려는 시도를. 빌려 온 빛에 의존하는 이 자연의 가시성을. 빛의 변덕, 시선의 운동 아래에서 변화를 담보하는 자연을. 찰나의 전망과 같은, 마침내 프레임을 망각하는.

빛을 보지 못하기

내시적 섬광은 눈 속에 있는 것이므로 섬광에 관련된 위치는 안구에 잡힐 수 없다. 그렇지만 우리는 이 섬광에 윤곽을 부여하려는 유혹을 줄기차게 받는다.[9] 마음은 자연과 마찬가지로 진공을 싫어해서, 장면을 완성하기 위해 무슨 정보든 채우려고 한다.[10] 감은 눈 뒤쪽의 완전한 어둠에서 발생하는, 꿈을 밝게 비추는 그것은 무엇인가? 그것은 이제 더 이상 존재하지 않는 빛에 대한 기억인가? 혹은 날도 밝기 전에 우리가 내일로부터 미리 끌어다 쓰는 미래의 빛인가?[11]

투명한 물방울이 대기 속에서 빛에게 발각당할 때, 우리가 그것을 볼 때, 빛 역시 물방울에게 사로잡혀 발각당한다. 투명성을 잃어버린 빛. 그러나 광원의 주위에서 물방울을 통과하며 산란하는 빛에 우리의 응시가 도달하기 전에, 우리의 시각은 빛에게 먹힌다. 광원은 다시 모든 것을 투명으로 지우고, 빛 속으로 익사시킨다. 시각을 보전하기 위해서는 보조 도구가 필요하다. 오므린 손 틈으로, 물웅덩이에 비친, 카메라 렌즈를 통과한 하늘을 액정으로 들여다보며 빛의 목격자로 빛 속에 있는 우리. 빛에 파묻혀 투명해질 위험 속에서. 그리고 은색 안료가 고르게 칠해진 불투명한 진공상태의 표면. 빛의 투명성을 부서트리는, 이 빛은 장소가 된다. 보이지 않았던 것은 무엇을 볼 수 있게 할까? 장면을 완성하기 위해 눈은 무엇을 채워 넣을까?

빛에서 나오기에 실패하기

우리는 크게 열린 문을 닫고 밖으로 나왔다. 홀은 어둠에
잠기고 캔버스 안쪽에는 어떤 어둠도 멈출 수 없는
빛이 있다.[12] 불투명한 빛은 투명한 어둠을 덮은 채 다시
불이 켜지고, 몸이 투명해지는 순간을 기다린다. 빛 앞에서,
응시 앞에서. 빛과 함께 풀려나는 순간, 빛에 섞여
혼동되는 순간을. 다시 몸을 버리며 몸을 확산시키는,
불투명성으로부터 달아나는 순간을. 우리는 반투명한
눈꺼풀을 깜빡인다. 여전히 빛 속에 잠긴 눈동자,
빛의 투명도를 조절하는 눈꺼풀, 눈꺼풀 안쪽의 빛깔을
알려주며 유입되는 빛.

빛에서 나오기에 계속 실패하기

우리가 기억하는, 우리가 상상해본 적 있는, 우리가 재현을
시도했던 빛으로의 입구. 네가 이곳에서 배운 응시는
너에게 내부를 더듬어 입구를 향하는 법을 알려준다. 그런
길을 보게 한다. 그런 시간을 다시 공간으로 건설한다. 아주
작게 접혀 있거나 투명해졌다가, 너의 눈 속에 섬광으로
잠입했다가. 눈 속에 숨은 빛, 망막 뒤편의 어둠에게
보호받는 빛. 그것은 네가 일하고 산책하고 밥 먹고 잠자는
동안에도 낡지 않는다. 언젠가 실현되기 위해 투명해진

공간, 접힌 시간은 너와 함께 다닌다. 문을 열거나 닫아도, 문을 마주 보거나 등져도. 언제나 빛 속에서, 빛에 속한 너와.

* 이 글은 오희원 개인전 《Rays blooming》(2021. 8. 3 – 9. 4, 갤러리까비넷)을 재료 삼아 쓴 것이다.

1. "우리는 크게 열린 문을 통해 밖으로 나왔다. 홀은 밝은 조명을 받고 있었고 더 바깥쪽은 어떤 빛도 멈출 수 없는 밤이었다." — 장 루이 세페르, 『영화를 보러 다니는 평범한 남자』, 김이석 옮김, 이모션북스, 2020.
2. "응시의 오브제가 자신의 눈부신 가능성의 조건으로 되돌아가는 것을 시간 속에서 기다리기 그리고 응시하기. 그래서 빛은 장소가 되고, 장소는 하나의 실체가 된다." — 조르주 디디-위베르만, 『색채 속을 걷는 사람』, 이나라 옮김, 현실문화A, 2019.
3. 주석 1과 같은 책.
4. "대기에 떠 있는 판 모양의 얼음 결정에서 햇빛이나 달빛이 굴절되어 발생하는 광학 현상이다. 완전한 형태일 때, 이 호는 지평선과 평행하게 흐르는 크고 밝은 스펙트럼 색상의 띠(빨간색이 가장 위에 있는)처럼 보인다. '불 무지개(Fire Rainbow)'라는 오해의 소지가 있는 용어가 이 현상을 설명하기 위해 사용되기도 하지만 이는 무지개가 아니며, 어떤 식으로도 불과 관련이 없다." — 위키백과, "Circumhorizontal arc", https://en.wikipedia.org/wiki/Circumhorizontal_arc.
5. 파브리스 르보 달론느, 『영화와 빛』, 지명혁 옮김, 민음사, 1998.
6. 주석 5와 같은 책.
7. 영화 〈모든 곳에, 가득한 빛(All Light, Everywhere)〉(테오 앤서니, 2021, 105분).
8. 에마뉘엘 레비나스, 『전체성과 무한』, 김도형 · 문성원 · 손영창 옮김, 그린비, 2018.
9. 장 폴 사르트르, 『사르트르의 상상계』, 윤정임 옮김, 기파랑, 2010.
10. "마음은 자연과 마찬가지로 진공을 싫어하며, 장면을 완성하기 위해 무슨 정보든 채우려고 한다." — 빌라야누르 라마찬드란 · 샌드라 블레이크스리, 『라마찬드란 박사의 두뇌 실험실』, 신상규 옮김, 바다출판사, 2015.
11. 밀로라드 파비치, 『하자르 사전』, 신현철 옮김, 열린책들, 2011.
12. 주석 1의 문장을 다시 변용함.

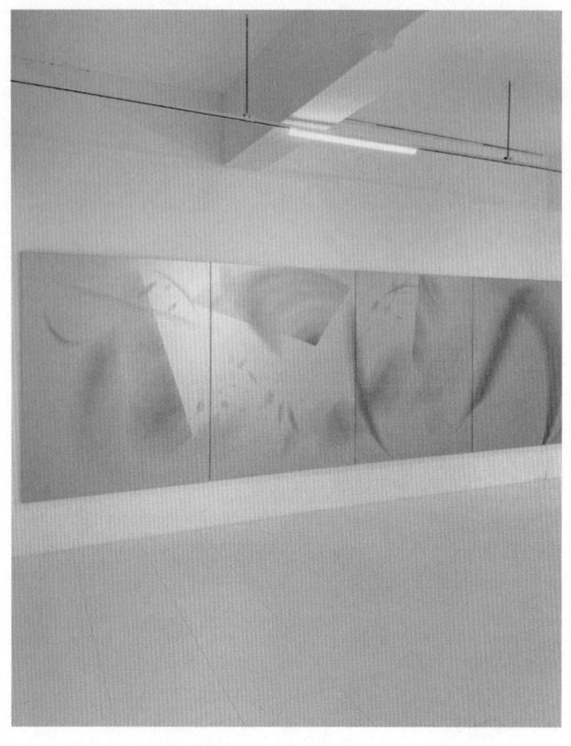

오희원, 《rays blooming》(갤러리까비넷, 서울, 2021. 8. 3–9. 4) 설치 전경
사진: 김리윤

가변 테두리의 사랑

하나의 생명은 부정적인 저항만이 아니라 긍정적이고 능동적인
잠재성이다.
다시 말해, 창조적인 활기가 진동하는 원시 — 덩어리다.[1]

사랑은 융합 또는 분출이 전혀 아니다.
사랑은 둘이 둘로서 존재할 수 있다는 것에 대한 힘든 조건이다.[2]

당신은 이 장소의 부분이 된다. 이 장소의 일부인 당신이 움직인다. 움직임으로써 장소를 변화시키며, 기척과 동선을 발생시키며. 당신은 움직이는 물질로 여기에 있다. 공기가 바스락거린다. 당신 주위로 빛이 부서진다. 당신이 점유했다 놓아주는 숨의 내부로 냄새가 모여든다. 당신 귓가에서 잘게 조각난 소음들이 진동한다. 당신은 여기저기로 시선을 흩뿌리며 서성인다. 당신은 고요하게 여기 멈춰 있는 물질들을 본다.

종잇조각들. 돌과 브론즈 덩어리 들. 불투명한 몸들. 시선은 이 몸들의 표면에서 흘러내린다. 미끄러진다. 형상은 시선의 궤적을 덧입는다. 물질은 완고하다. 선은 아무것도

정의하지 않는다. 부드럽게, 어떤 것도 가두지 않는 방식으로 윤곽을 이룬다.

중요한 것은 몸이 아니라 몸의 움직임이라고 당신은 생각한다. 사방으로 뻗어나가는 곡선을 한 번 더 구부려 만든 것 같은 뭉툭한 모서리의 몸. 동그스름한 머리통. 오목한 이마와 작게 움푹 파인 눈동자. 당신은 사라진 세부를, 그러나 부재로 느껴지지 않는 세부를 본다. 당신이 보고 싶은 표정을. 보고 싶다는 생각 이전에 있는 표정을. 생각 너머에 도착해 있는 표정을.

응시 아래서 선은 움직이기 시작한다. 짐작할 수 없는 방향으로 가버릴 것 같은 움직임, 예지 너머에 언제나 미리 도착해 있는 움직임. 움직이는 선들이 시선 아래 남겨진다. 그것들은 일순간 구부러진 모서리를 펴며, 닫힘을 해체하며, 안팎을 거부하며, 유동하는 윤곽으로 움직인다. 선은 그것이 선이라는 것, 선으로서의 외양을 갖췄다는 것, 숨길 수 없는 리듬을 지녔다는 것, 선으로서의 필연성 외에 다른 인과를 요구하지 않는다.

당신은 선과 선 사이를 서성인다. 조각의 선과 선 사이를, 종이 위의 선과 선 사이를. 불화하는 몸과 정신 사이를. 조각을 향하는 당신의 몸과 조각 사이의 동선을. 시선을 향해 유동하는 선의 동세 사이를. 선의 신비 사이를 서성인다.

가볍게 가볍게 움직이는 선. 선의 망설임. 선의 거침없음. 선이 제자리를 벗어나려 애쓴 시간들. 선이 제자리에 머문 시간들. 같은 자리를 맴돈 몸짓들. 선이 말하지 않은 것들. 끝내 말해진 것들. 아름다움을 향하려 하지 않는 마음. 온갖 생각들의 쑥대밭. 생각이 되기 이선의 몸짓들. 물질과 불화하기 이전의 생각들. 손끝에 붙은 마음의 마음대로 움직임.

선은 아무것도 숨기지 않는다. 선은 쏟아지는 허공이 된다. 선은 떨리는 시간이 된다. 선은 끊임없이 유동하는 살덩이가 된다. 선은 서로를 포개며 몸의 어두운 부분이 된다. 무게도 힘도 갖지 않은 채로 움직이며 물질의 단단한 표면에 영구적인 흔적을 남긴다. 불투명한 선은 투명하게 시선을 통과시키며 시선과 뒤엉킨다. 내부와 외부를 헝클어뜨린다.

당신의 시선은 선의 시작과 끝을 좇을 수 없다. 선의 시작과 끝은 그것을 그린 사람이 선을 발생시키는 순간에만 알 수 있는 찰나의 진실이다. 사라지는 진실이다. 한 사람이 간직한 비밀이다. 선은 오직 자기 자신의 흔적이다. 선은 윤곽을 만들어낸다. 윤곽을 방해한다. 내부를 개방한다. 선은 물질을 필요로하지 않는다. 선은 가장 가는 장소를 만들 줄 안다. 선은 생동한다. 선은 닫히지 않은 가장자리다. 선은 가능한 모든 재현이다. 선은 모든 재현의 가능성이다.

선은 언제나 미완을 향해 뻗어나가는 성질의 기운이다. 선은 언제나 불완전하다. 불완전한 선은 시작을 품은 공간이다.

선은 움직임을 둘러싼 시간과 공기를, 기척을, 동선을 잡아채 고정한다. 시선 아래서 그것들은 다시 풀려난다.

당신은 부드럽게 생동하는 선들을 본다. 조각의 표면을 떠도는 선. 안팎의 구분을 무화시키는 선. 덩어리와 얽혀 있는 선. 덩어리를 이루는 선. 덩어리의 멈춰 있음을 깨뜨리는 선. 언제나 무언가를 향해 어딘가로 움직이는 선. 정신의 재현이 아닌 선. 움직임의 재현이 아닌 선. 스스로 움직임을 내재한 선. 두꺼운 빗금, 점을 향해 쪼개지는 선, 물결을 이루듯 어깨를 맞댄 선, 포개지며 그림자가 되려 하는 선, 어지럽게 뒤엉키며 겹을 만드는 선, 출렁이는 시간의 표면을 따라 유동하는 선, 모든 거리를 가로지르는 선, 닫히지 않는 가장자리를 가진 선, 자꾸 열리는 윤곽을 가진 선. 손의 망설임, 손의 더듬거림, 손의 의지, 손의 마음, 손의 운명, 손의 방향, 손의 물성을 숨길 수 없는 선.

당신은 선에 포개진 손을 생각한다. 당신은 움직이는 손을 본다. 움직임을 포착하려는 손의 움직임을 본다. 선을 발생시키는 손을. 돌과 정 사이에서, 연필과 종이 사이에서, 물감과 종이 사이에서 서성이는 손을. 정신과 물질 사이를 오가는 선을. 벌려둔 거리를 무용지물로 만드는 선을. 의미에 사로잡히지 않는 손을. 행위 자체만을 남겨두려는 손을. 시간에 속한 사랑을 영원 속에 던져두는 손을. 사랑의 가장자리를 헝클어뜨리는 손을.

당신은 언제나 움직임을 향하는 선이다. 당신은 선과 함께 다른 형태가 되어간다. 당신 주위에서 발생하는 소음과 같은 선. 분방하게 뒤엉킨 선. 종이를, 돌을, 다시 인간을 향하는 선. 이토록 분명한 덩어리인 무기질의 몸을 감싸는 맺음 없는 선.

언제나 시간의 한가운데에 있는 당신은 시간을 초월한 선과 함께 사랑한다. 두 여자. 두 남자. 한 여자와 한 남자. 여자도 남자도 아닌 두 사람. 여자이거나 남자이거나 여자도 남자도 아닌 여러 사람들. 시간의 내부에서 사랑의 윤곽을 그리는 선. 비선형의 시간을 향해 구부러지는 선.

당신은 무한한 시간을 원하지 않는다. 그러나 끝없이 경계를 수정하는 움직임은 영원과 구분할 수 없다. 당신이 영원을 원하지 않더라도 당신의 어떤 부분은 영원에 포섭된다. 당신은 의미로 환원되지 않는 형태를 본다. 몸과 몸과 몸 들. 그것은 누구의 것이라도 될 수 있다. 당신은 무너지는 몸의 경계를 느낀다. 당신은 쉼 없이 무너지고 복원되는 사랑의 모양을 본다. 당신은 경계를 수정하는 사랑의 테두리를 만진다. 당신은 조그맣고 단단하게 덩어리진 영원을 여기에 둔다. 소음이 영원의 둘레를 감싼다. 영원에 부딪치며 더

조그만 소음으로 쪼개진다. 몸 없는 냄새가 파편들을
에워싼다.

남는 것은 의미가 아니다.
선은 시간 바깥에서 움직이며 자신의 경계를 수정한다.
사랑의 부스럭거림이 공간을 채운다.
당신은 손안의 시간을 만지작대며 이곳을 빠져나간다.
유동하며 지속되는 영원을 본다.
사랑 안에서 언제나 부스럭대는 움직임을 본다.
선은 둘이 둘로서 존재할 수 있다는 것에 대한 힘든 조건을
　　그린다.

다시, 당신은 언제나 사방으로 열려 있는 선을 본다.
선은 부드럽게 사랑의 표면을 흘러 다니며 테두리를
　　헝클어뜨린다.
사랑과 함께 미래의 사랑을 향한다.

* 이 글은 양주시립민복진미술관 기획 전시《무브망—조각의 선》(2022. 11. 29–2023. 5. 28)을 재료 삼아 쓴 것이다.

1. 제인 베넷, 『생동하는 물질』, 문성재 옮김, 현실문화, 2020.
2. 알랭 바디우, 『베케트에 대하여』, 서용순·임수현 옮김, 민음사, 2013.

나가며

부드러운 재료

물질로서의 우리를 이해해봅시다
눈을 감고 천천히 호흡하세요

당신이 돌을 사랑하거나
돌이 당신을 사랑하기 때문에 이런 현실이
현실의 살점인 당신
현실을 쌓아 올리는 돌이라는 재료가 있다고
생각해보세요

감정이 현실이라는 재료를 동원한다면, 우리라는 표면이
덧입는 이미지가 끝없이 유동하는 감정의 반영이라면, 이런
부드러움, 한순간의 누락도 없는 시선을 요구하는
부드러움의 성질, 부드러운 재료에 내재한 운동성, 연약함이
모두 안전하게 보호받기 위한 조건이라면. 우리가 느낄 때
움직이는 떨리는 유동하는 흘러내리는 재료로서의 현실이,
우리라는 재료가 있다면

당신이 돌을 집어 들면 그것은 손바닥 모양으로 움푹 팬
　　형상이 됩니다
돌은 부드럽습니다

사랑이 물질과 존재를 동원한다면
물질과 존재가 동원하는 기억이
기억이 동원하는 시간이 있습니다

아름다움이란 우리에게 자신을 감당하기를 요구하는
버거운 무게이기도 하지요. 아름다움을 향하려 하지 않는
자세로, 도무지 고정되지 않는 배치로, 세계가 잠시 멈추며
연속을 향해 기울어지는 순간을 보여주듯이, 잠시
형상이기를 택한 물처럼, 무게라는 방향을 갖는, 바닥을
향해 기우는 물방울의 방법으로

숨을 따르세요
눈을 감고
하나
둘

허공이란 아주 깨지기 쉬운 물질이라는 듯이, 숨만이
허공보다 연약한 물질이라는 듯이, 세계의 겹 사이로
숨을 밀어 넣듯이, 숨으로 한 꺼풀의 세계를 밀어 올리듯이.
눈꺼풀이 세계와 접촉하는 시간만큼의 크기와 무게로,

갓 태어난 새들의 가느다란 뼈를 덮어줄 표면을 짓듯이.
갓 태어난 새 떼처럼 소란스럽게 경련하는 기억들 곁에서

보세요
우리가 어디까지 볼 수 있는지

눈으로 더듬는 세계에 가느다랗고 빛나는 장애물을 놓듯이,
눈을 잡아채어 고정하려는 이미지의 본능을 방해하듯이,
시간을 잘게 부수어 눈을 위해 사용하듯이. 시간과 부드럽게
뒤엉키며 호흡하는, 우리 안에 내재한 운동성을 다루듯이.
서로의 무른 표피를 만지듯이,

눈으로 앞을 더듬으며
숨 쉬세요

백사장에 놓인 돌처럼 자신의 미래 위에 놓여 있다고
상상하면서. 서로를 매끈하게 마모하는 방식으로 시간을
새기는, 서로를 서로의 재료로 만드는 부드러운 파도와
부드러운 돌처럼. 단단하고 매끄러운 미래의 촉감을
느끼면서. 너르게 깔린, 자신의 조각난 안쪽 위에 누워서

동원된 재료로서의 현실을
쌓인 눈과 발이 몸을 바꾸어 서로에게 자국을 남기듯이
보세요

당신이 몸을 가졌다는 낯섦,
어려움, 어색함, 작은 공포를 견디는 순간들
당신이 점유하는 시간
당신을 배회하는 시간 여기 있습니다

상상은 지겨운 것입니다
보고 만지세요
당신의 눈이 더듬을 수 있는 만큼을 이어 붙이며
뒤엉키며
닫히지 않는 가장자리를 만들며
우리의 뒤엉킴 주위로 모여드는 시간을
시간의 뒤엉킴이 만드는 영원을
보세요

우리의 보기가 닿을 수 있는 너비
깊이

시선이 완전히 소진될 때까지
상상을 멈추고 보세요
돌을 배우듯이
단단하고 견고한 물질적 완성이라는
이 환상의 표현을

자연스러운 돌처럼

유리창을 깨뜨리며
물을 조각내며
안팎을 무너뜨리며

숨 쉬세요
영원을 닮은 돌처럼

영원은 변화를 통해서만 가능한 시간의 한 상태입니다
영원은 변화를 손에 쥔 채로 시간을 벗어난 하나의
장소입니다
영원은 변화 속에 거주하는 시간의 이름입니다
영원은 변화를 덧입은 채로만 눈에 보이는 투명성입니다
변화는 영원을 손에 쥔 채로 시간에 속한 장소입니다

재료에는 죽은 것과 산 것의 구분이 없습니다
재료라는 이름 안쪽에서 우리는 부드럽게 뒤섞입니다

¶

어느새 늙은 친구들이 창가에 앉아 졸고 있고, 우리의 흰
머리카락과 분간할 수 없도록 창은 빛으로 가득 차
새하얗다. 만져보면 뒤섞인 안팎이 손가락에 감기며
헝클어진다. 부드럽다.

창문 안쪽에는 돌들이
돌들의 울퉁불퉁한 궤적으로 깨진 창이
산산조각의 너머로 만들어지는
창의 바깥이 있고

사랑과 함께 미래의 사랑을 향하는 몸들이 있다. 부드럽게
헝클어지는 선들이 있다. 우리가 겪는 조그마한 영원과
영원을 배회하는 재료들이 있다.

재료는 부드럽게 현실의 표면을 흘러 다니며 테두리를
헝클어뜨린다. 안팎을 다시 배치한다. 시간에 작고 가느다란
축을 세우고 거기 잠시 맺혀 있는 물방울 같은 것으로,
끝없이 움직이는 재료가 잠시 이루는 배치로, 현실을 이루는
얼룩 중 하나로

사랑이 시간을 다루듯이
우리를 다시 구성한다

¶ 이 시는 『부드러운 재료』에 수록된 글들을 재료로 쓴 것이다.
책을 쓰는 동안 재료의 부드러움은 물성에 대한 형용사가 아니라
재료라는 범주 자체의 성질에 대한 형용사라는 사실을 다시
알게 되었다. 그 부드러움이 '재료'라는 말이 가진 기호로서의
테두리마저 헝클어뜨린다는 사실도 알게 되었다. 그리하여 재료라는
범주 자체를 물성과 무관하게 부드럽게 유동하는 성질의 것으로
변화시킨다는 것을. 그리하여 재료라는 범주를 언제나 비결정적인
세계에 대한 은유로 만든다는 것을. 재료는 어떤 결과물을 위해
준비된 물질이라기보다 어떤 결과물도 향하지 않는 물질이다. 그러다
문득 어떤 형상을 이루고, 형상인 채로 다시 재료가 되는 물질이다.
종이라는 물질, 책이라는 사물 위에 잠시 고정된 배치를 갖게 된
이 책의 언어들처럼. 내리는 눈처럼. 물방울처럼. 우리처럼. 이 책 역시
다시 재료가 될 것이며, 이미 재료이기도 하다. 그러기를 바란다.

김리윤
언어를 기반으로 이미지의 생성과 전달, '보기'에서 파생되는 관계에 주목하는 작업을 한다. 비물질 이미지와 물질 이미지 사이의 간격과 뒤섞임에, 그리고 의도와 우연, 개체와 사물, 매체 각각의 의지와 이미지가 중첩될 때 일어나는 경험에 관심이 많다. 시집 『투명도 혼합 공간』(문학과지성사, 2022)이 있다.

부드러운 재료

초판 1쇄 발행 2024년 12월 20일

지은이 김리윤

발행인 박지홍
발행처 봄날의책
등록 제311-2012-000076호(2012년 12월 26일)
주소 서울 종로구 창덕궁4길 4-1, 401호
전화 070-4090-2193
전자우편 springdaysbook@gmail.com

기획·편집 박지홍 이승학
디자인 전용완
인쇄·제책 세걸음

ISBN 979-11-92884-41-7 03800